〔宋〕王安石 著

王安石詩文選

廣陵書社
中國·揚州

圖書在版編目（CIP）數據

王安石詩文選 / (宋) 王安石著. -- 揚州 : 廣陵書社, 2023.3
（國學經典叢書）
ISBN 978-7-5554-1980-8

Ⅰ. ①王… Ⅱ. ①王… Ⅲ. ①宋詩－詩集②古典散文－散文集－中國－北宋 Ⅳ. ①I214.412

中國國家版本館CIP數據核字(2023)第031345號

書　　名	王安石詩文選
著　　者	〔宋〕王安石
責任編輯	王　麗
出 版 人	曾學文
裝幀設計	鴻儒文軒

出版發行	廣陵書社
	揚州市四望亭路 2-4 號　　郵編：225001
	(0514) 85228081 (總編辦)　85228088 (發行部)
	http://www.yzglpub.com　　E-mail：yzglss@163.com
印　　刷	三河市華東印刷有限公司

開　　本	880 毫米 ×1230 毫米　1/32
印　　張	6.25
字　　數	73 千字
版　　次	2023 年 3 月第 1 版
印　　次	2023 年 3 月第 1 次印刷
標準書號	ISBN 978-7-5554-1980-8
定　　價	38.00 圓

編輯説明

自上世紀九十年代始，我社陸續編輯出版一套綫裝本中華傳統文化普及讀物，名爲《文華叢書》。編者孜孜矻矻，兀兀窮年，歷經二十載，聚爲上百種，集腋成裘，蔚爲可觀。叢書以内容經典、形式古雅、編校精審，深受讀者歡迎，不少品種已不斷重印，常銷常新。

國學經典，百讀不厭，其中藴含的生活情趣、生命哲理、人生智慧，以及家國情懷、歷史經驗、宇宙真諦，令人回味無窮，啓迪至深。爲了方便讀者閱讀國學原典，更廣泛地普及傳統文化，特于《文華叢書》基礎上，重加編輯，推出《國學經典叢書》。

本叢書甄選國學之基本典籍，萃精華于一編。以内容言，所選均爲家喻户曉的經典名著，涵蓋經史子集，包羅詩詞文賦、小品蒙書，琳琅滿目；以篇幅言，每種規模不大，或數種彙于一書，便于誦讀；以形式言，採用傳統版式，字大文簡，讀來令人賞心悦目；以編輯言，力求精擇良善版本，細加校勘，注重精讀原文，偶作簡明小注，或酌配古典版畫，體現編輯的匠心。

當下國學典籍的出版方興未艾，品質參差不齊。希望這套我社經年打造的品牌叢書，能爲讀者朋友閱讀經典提供真正的精善讀本。

廣陵書社編輯部

二〇二三年三月

出版説明

王安石（一〇二一—一〇八六），字介甫，號半山，撫州臨川（今江西撫州）人。北宋著名思想家、政治家、文學家，爲『唐宋八大家』之一。王安石自幼喜讀書，有過目不忘之能。

慶曆二年（一〇四二），王安石進士及第，簽書淮南判官，任滿後放棄館職，知鄞縣。後宰相文彦博向皇帝推薦王安石，請求朝廷褒獎，王安石拒不受。嘉祐三年（一〇五八），提點江東刑獄任滿，調爲度支判官，其間因思矯世變俗，上書宋仁宗，大膽提出『改易更革』的政治主張。又直集賢院、知制誥，同修起居注。熙寧二年（一〇六九），拜參知政事，提出『變風俗，正法度』的改革思路，受到宋神宗的支持，設制置三司條例司，凡『農田水利、青苗、均輸、保甲、免役、市易、保馬、方田』相繼并興，號爲新法。受諸多因素影響，王安石的變法衹持續了十數年便宣告失敗。元祐元年（一〇八六）卒，年六十六。

王安石的文學成就頗高，其文學創作多與其經歷有關。初入仕途時，多關切民生之作，如《收鹽》《和中甫兄春日有感》，表現了下層人民生活的苦難。看到了這些，王安石更要求改革，他在《兼并》中説道：『俗儒不知變，兼并可無摧。利孔至百出，小人私闔開。有司與之争，民愈可憐哉。』《材論》一文闡明了用材之道，《鄞縣經游記》等則表明了其經濟思想。入京爲官後，王安石詩文的題材十分廣泛，依舊關心民生，如《河北民》《白溝行》等。《明妃曲》是其咏史詩的代表作之一，膾炙人口。變法時期，《本朝百年無事札子》直接指出了改革和變法的必要性，《衆人》一詩便是其『天變不足畏，祖宗不足法，人言不足恤』精神的直接體現。熙寧十年（一〇七七）後，王安石隱居鍾山，創作了大量清新雋永的詩歌，如《與望之至八功德水》《後元豐行》《車載板》等，充滿禪意，明顯受到佛教的影響。

王安石詩文各體兼擅，詞雖不多，但亦擅長。他主張以『務爲有補於世』作爲文學創作的根本，所以其散文多揭露時弊、反映社會矛盾，有較强的政治色彩。他的詩歌分爲前期和後期，風格不同：前期多『不平則鳴』之作，反映民生疾苦，長於説理，直截刻露；後期則多『窮而後工』之作，藝術臻於圓熟，雅麗精絶，深婉不迫。其詞則『瘦削雅素，一洗五代舊習』，展現了文人士大夫特有的情致世界。後人推其詩爲『宋詩中第一』，嚴羽《滄浪詩話》即以『荆公體』稱其詩。其散文則早就得到歐陽修的稱贊，爲後世文人學習的楷模。當然，也有部分作品議論説理的成分過重，瘦硬奇崛，晦澀乾枯，缺少形象性和韵味，但是總體上仍不失大家風範。

王安石詩文集版本甚多，存世宋本有二：《臨川先生文集》一百卷，紹興二十一年（一一五一）兩浙西路轉運司王珏刻元明遞修本，即杭州本，卷末有王安石曾孫王珏題記，述校刊始末；《王文公文集》一百卷，南宋初刊於安徽舒城，即龍舒本，此本編次與杭州本不同。據王珏書末題記，龍舒本刊行略早於杭州本。明代嘉靖、萬曆兩朝翻刻王安石文集較多，且多據杭州本，龍舒本則幾乎未見翻刻。此次選編王安石詩、文、詞作，以萬曆四十年（一六一二）王鳳翔刊《新刻臨川王介甫先生詩文集》爲底本，參校龍舒本、嘉靖二十五年（一五四六）應雲鸑刊《臨川先生文集》，王鳳翔本訛誤處，多據龍舒本校改。

廣陵書社編輯部

二〇二三年三月

目録

詩選

詩選

元豐行示德逢

四山翛翛映赤日，田背坼如龜兆出。湖陰先生坐草室，看踏溝車望秋實。雷蟠電掣雲滔滔，夜半載雨輸亭皋。旱禾秀發埋牛尻，豆死更蘇肥莢毛。倒持龍骨挂屋敖，買酒澆客追前勞。三年五穀賤如水，今見西成復如此。元豐聖人與天通，千秋萬歲與此同。先生在野故不窮，擊壤至老歌元豐。

後元豐行

歌元豐，十日五日一雨風。麥行千里不見土，連山没雲皆種黍。水秧綿綿復多稌，龍骨長乾挂梁梠。鰣魚出網蔽洲渚，荻筍肥甘勝牛乳。百錢可得酒斗許，雖非社日長聞鼓。吴兒蹋歌女起舞，但道快樂無所苦。老翁塹水西南流，楊柳中間杙小舟。乘興敧眠過白下，逢人歡笑得無愁。

純甫出僧惠崇畫要予作詩

畫史紛紛何足數，惠崇晚出吾最許。旱雲六月漲林莽，移我翛然墮洲渚。黄蘆低摧雪翳土，鳧雁静立將儔侣。往時所歷今在眼，沙平水澹西江浦。暮氣沉舟暗魚罟，敧眠嘔軋如鳴櫓。頗疑道人三昧力，異域山川能斷取。方諸承水調幻藥，灑落生綃變寒暑。金坡巨然山數堵，粉墨空多真漫與。濠梁崔白亦善畫，曾見桃花静初吐。酒酣弄筆起春風，便恐漂零作紅雨。鶯流探枝婉欲語，蜜蜂掇蕊隨翅股。一時二子皆絶藝，裘馬穿羸久羈旅。華堂豈惜萬黄金，苦道今人不如古。

題燕侍郎山水圖

往時濯足瀟湘浦，獨上九嶷尋二女。蒼梧之野烟漠漠，斷壟連岡散平楚。暮年傷心波浪阻，不意畫中能更睹。燕公侍書燕王府，王求一筆終不與。奏論讞死誤當赦，全活至今何可數。仁人義士埋黄土，祇有粉墨歸囊楮。

示元度 嘗居半山園作

今年鍾山南，隨分作園囿。鑿池構吾廬，碧水寒可漱。溝西雇丁壯，擔土爲培塿。扶疏三百株，蒔楝最高茂。不求鵷鶵實，但取易成就。中空一丈地，斬木令結構。五楸東都來，斸以繞檐溜。老來厭世語，深卧塞門竇。贖魚與之游，喂鳥見如舊。獨當邀之子，商略終宇宙。更待春日長，黄鸝哢清晝。

杏花

石梁度空曠，茅屋臨清炯。俯窺嬌饒杏，未覺身勝影。嫣如景陽妃，含笑墮宮井。悁悵有微波，殘妝壞難整。

寄楊德逢

山樊老憚暑，獨寤無所適。湖陰宛在眼，曠若千里隔。遥聞青秧底，復作鼃兆坼。占歲以知子，將勤而後食。穿溝取西港，此計當未獲。翛翛兩龍骨，豈得長挂壁。晤言久不嗣，作苦何時息。炎天不可觸，悵望新春白。

次前韵寄楊德逢

一雨洗炎蒸，曠然心志適。如輸浮幢海，滅火十八隔。俯觀風水涌，仰視電雲坼。知公開霽後，過我言不食。翻然陂路長，泥淖困臧獲。明明吾有懷，如日照東壁。暮逢田父歸，倚杖問消息。渠來那得度，南蕩今已白。

與望之至八功德水

念方與子違，惝恍夜不眠。起視明星高，整駕出東阡。聊爲山水游，以寫我心悁。知子不餔糟，相與酌雲泉。

邀望之過我廬

念子且行矣，邀子過我廬。汲我山下泉，煮我園中蔬。知子有仁心，不忍釣我魚。我池在人境，不與獱獺居。亦復無蟲蛆，出没争腐餘。食罷往游觀，鱍鱍藻與蒲。波清映白日，擺尾揚其鬚。豈魚有此樂，而我與子無。擊壤謡聖時，自得以爲娱。

月夜二首

其一

山泉墮清陂，陂月臨静路。惜哉此佳境，獨賞無與晤。埭口哆陂陰，要予水西去。呼僮擁草坐，復使東南注。

其二

蹋月看流水，水明摇蕩月。草木已華滋，山川復清發。褰裳伏檻處，綠净數毛髮。誰能挽姮娥，俯濯凌波襪。

兩山間

自予營北渚，數至兩山間。臨路愛山好，出山愁路難。山花如水净，山鳥與雲閑。我欲抛山去，山仍勸我還。祇應身後冢，便是眼中山。且復依山住，歸鞍未可攀。

春日晚行

門前楊柳二三月，枝條綠烟花白雪。呼僮羈我果下騮，欲尋南岡一散愁。緣岡初日溝港净，與我門前緑相映。隔淮仍見裊裊垂，佇立怊悵去年時。杏花園西光宅路，草暖沙晴正好渡。興盡無人楫迎我，却隨倦鴉歸薄暮。

寄蔡氏女子二首

其一

建業東郭，望城西堠。千嶂承宇，百泉繞霤。青遥遥兮纚屬，緑宛宛兮横逗。積李兮縞夜，崇桃兮炫晝。蘭馥兮衆植，竹娟兮常茂。柳蔫綿兮含姿，松偃蹇兮獻秀。鳥跂兮下上，魚跳兮左右。顧我兮適我，有班兮伏獸。感時物兮念汝，遲汝歸兮携幼。

其二

我營兮北渚，有懷兮歸女。石梁兮以苫蓋，緑陰陰兮承宇。仰有桂兮俯有蘭，嗟汝歸兮路豈難。望超然之白雲，臨清流而長嘆。

題半山寺壁二首

其一

我行天即雨，我止雨還住。雨豈爲我行，邂逅與相遇。

其二

寒時暖處坐，熱時凉處行。衆生不異佛，佛即是衆生。

題定林壁

定林自有主，我爲林下客。客主各有心，還能共岑寂。

即事二首

其一

雲從鍾山起，却入鍾山去。借問山中人，雲今在何處。

其二

雲從無心來，還向無心去。無心無處尋，莫覓無心處。

古意

采芝天門山，寒露净毛骨。帝青九萬里，空洞無一物。傾河略西南，晶射河鼓没。蓬萊眼中見，人世嘆超忽。當時棄桃核，聞已撑月窟。且當呼阿環，乘興弄溟渤。

吾心

吾心童稚時，不見一物好。意言有妙理，獨恨知不早。初聞守善死，頗復吝肝腦。中稍歷艱危，悟身非所保。猶然謂俗學，有指當窮討。晚知童稚心，自足可忘老。

車載板二首

其一

荒哉我中園，珍果所不産。朝暮惟有鳥，自呼車載板。楚人聞此聲，莫有笑而莞。而我更歌呼，與之相往返。視遇若摶黍，好音而睍睆。壤壤生死夢，久知無可揀。物弊則歸土，吾歸其不晚。歸歟汝隨我，可相蒿里挽。

其二

鳥有車載板，朝暮嘗一至。世傳鵩似鴞，而此與鴞似。唯能預人死，以此有名字。疑即賈長沙，當時所遭值。洛陽多少年，擾擾經世意。粗聞方外語，便釋形骸累。吾衰久捐書，放浪無復事。尚自不見我，安知汝爲異。憐汝好毛羽，言音亦清麗。胡爲太多知，不默而見忌。楚人既憎汝，彈射將汝利。且長隨我游，吾不汝羹胾。

謝公墩

走馬白下門，投鞭謝公墩。昔人不可見，故物尚或存。問樵樵不知，問牧牧不言。摩挲蒼苔石，點檢屐齒痕。想此絓長檣，想此倚短轅。想此玩雲月，狼籍盤與樽。井徑亦已沒，漫然禾黍村。摧藏羊曇骨，放浪李白魂。亦已同山丘，緬懷蒔蘭蓀。小草戲陳迹，甘棠咏遺恩。萬事付鬼籙，恥榮何足論。天機自開闔，人理孰畔援。公色無懼喜，儻知禍福根。涕淚對桓伊，暮年無乃昏。

幽谷引

雲翳翳兮谷之幽，天將雨我兮田者之稠。有繩於防兮有畚於溝，我公不出兮誰省吾憂。日暉暉兮山之下，歲則熟兮收者舞。吾收滿車兮棄者滿筥，誰吾與樂兮我公燕語。山有木兮谷有泉，公與客兮醉其間。芳可搴兮甘可漱，無壯無稚兮環公以笑。公歸而醉兮人則喜，公好我州兮殆其肯止。公歸不醉兮我之憂，豈其不懌兮將舍吾州。公一朝兮去我，我歲歲兮來游。完公亭兮使勿毀，以慰吾兮歲歲之愁。

明妃曲二首

其一

明妃初出漢宫時，淚濕春風鬢脚垂。低徊顧影無顔色，尚得君王不自持。歸來却怪丹青手，入眼平生未曾有。意態由來畫不成，當時枉殺毛延壽。一去心知更不歸，可憐着盡漢宫衣。寄聲欲問塞南事，衹有年年鴻雁飛。家人萬里傳消息，好在氊城莫相憶。君不見咫尺長門閉阿嬌，人生失意無南北。

其二

明妃初嫁與胡兒，氊車百兩皆胡姬。含情欲説獨無處，傳與琵琶心自知。黄金捍撥春風手，彈看飛鴻勸胡酒。漢宫侍女暗垂淚，沙上行人却回首。漢恩自淺胡自深，人生樂在相知心。可憐青冢已蕪沒，尚有哀弦留至今。

桃源行

望夷宮中鹿爲馬，秦人半死長城下。避時不獨商山翁，亦有桃源種桃者。此來種桃經幾春，采花食實枝爲薪。兒孫生長與世隔，雖有父子無君臣。漁郎漾舟迷遠近，花間相見因相問。世上那知古有秦，山中豈料今爲晉。聞道長安吹戰塵，春風回首一沾巾。重華一去寧復得，天下紛紛經幾秦。

送春

武陵山下朝買船，風吹宿霧山花鮮。萬家笑語横青天，綺窗羅幕舞嬋娟。小鬟折花叩船舷，玉盞寫酒酬金錢。朱甍飛動浮雲巘，天外筦籥來宛轉。斷橋人行夕陽路，樓觀琉璃影中見。酡顔未分驊騮催，燭入坐客猶徘徊。豈知閶闔門邊住，春盡不見芳菲開。日月紛紛車走坂，少年意氣何由挽。洞庭浪與天地白，塵昏萬里東浮眼。黑貂裘敝歸幾時，相見緑樹啼黄鸝。榮華俯仰憂患隨，命駕吾與高人期。

兼并

三代子百姓，公私無異財。人主擅操柄，如天持斗魁。賦予皆自我，兼并乃奸回。奸回法有誅，勢亦無自來。後世始倒持，黔首遂難裁。秦王不知此，更築懷清臺。禮義日已偷，聖經久堙埃。法尚有存者，欲言時所咍。俗吏不知方，掊克乃爲材。俗儒不知變，兼并可無摧。利孔至百出，小人私闔開。有司與之爭，民愈可憐哉。

白溝行

白溝河邊蕃塞地，送迎蕃使年年事。蕃使常來射狐兔，漢兵不道傳烽燧。萬里鋤耰接塞垣，幽燕桑葉暗川原。棘門灞上徒兒戲，李牧廉頗莫更論。

休假大佛寺

罷憊得休假，衣冠倦趨翔。挾書聊自娛，解帶寺東廊。六龍高徘徊，光景在我裳。冬屋稍暄暖，病身更强梁。從我有不思，捨我有不忘。問誰可與言，携手此徜徉。婉婉吾所愛，新居乃鄰墻。寄聲能來游，維用寫愁腸。

思王逢原

自吾失逢原，觸事輒愁思。豈獨爲故人，撫心良自悲。我善孰相我，孰知我瑕疵。我思誰能謀，我語聽者誰。朝出一馬驅，暝歸一馬馳。馳驅不自得，談笑强追隨。仰屋卧太息，起行涕淋漓。念子冢上土，草茅已紛披。婉婉婦且少，煢煢一女嫠。高義動閭里，尚聞致財貲。嗟我衣冠朝，略能具饘糜。葬祭無所助，哀顏亦何施。聞婦欲北返，跂予常望之。寒汴已閉口，此行又參差。又說當產子，產子知何時。賢者宜有後，固當夢熊羆。天方不可恃，我願適在兹。我疲學更誤，與世不相宜。宿昔心已許，同岡結茅茨。此事今已矣，已矣尚誰知。渺渺江與潭，茫茫山與陂。安能久竊食，終負故人期。

寄王逢原

北風吹雲埋九垓，草木零落空池臺。六龍避逃不敢出，地上獨有寒崔嵬。披衣起行愁不愜，歸坐把卷闔且開。永懷古人今已矣，感此近世何爲哉。申韓百家爇火起，孔子大道寒於灰。儒衣紛紛欲滿地，無復氣焰空煤炱。力排異端誰助我，憶見夫子真奇材。楩楠豫章概白日，祗要匠石聊穿裁。我方官拘不得往，子有閑暇宜能來。晤言相與入聖處，一取萬古光芒迴。

杜甫畫像

吾觀少陵詩，謂與元氣侔。力能排天斡九地，壯顔毅色不可求。浩蕩八極中，生物豈不稠。醜妍巨細千萬殊，竟莫見以何雕鎪。惜哉命之窮，顛倒不見收。青衫老更斥，餓走半九州。瘦妻僵前子仆後，攘攘盜賊森戈矛。吟哦當此時，不廢朝廷憂。常願天子聖，大臣各伊周。寧令吾廬獨破受凍死，不忍四海赤子寒颼颼。傷屯悼屈止一身，嗟時之人我所羞。所以見公像，再拜涕泗流。推公之心古亦少，願起公死從之游。

收鹽

州家飛符來比櫛，海中收鹽今復密。窮囚破屋正嗟欷，吏兵操舟去復出。海中諸島古不毛，島夷爲生今獨勞。不煎海水餓死耳，誰肯坐守無亡逃。爾來賊盜往往有，劫殺賈客沉其艘。一民之生重天下，君子忍與爭秋毫。

和中甫兄春日有感

雪釋沙輕馬蹄疾，北城可游今暇日。濺濺溪谷水亂流，漠漠郊原草爭出。嬌梅過雨吹爛熳，幽鳥迎陽語啾唧。分香欲滿錦樹園，剪彩休開寶刀室。胡爲我輩坐自苦，不念兹時去如失。飽聞高徑動車輪，甘卧空堂守經帙。淮蝗蔽天農久餓，越卒圍城盜少逸。至尊深拱罷簫韶，元老相看進刀筆。春風生物尚有意，壯士憂民豈無術。不成歡醉但悲歌，回首功名古難必。

贈曾子固

曾子文章衆無有，水之江漢星之斗。挾才乘氣不媚柔，群兒謗傷均一口。吾語群兒勿謗傷，豈有曾子終皇皇。借令不幸賤且死，後日猶爲班與揚。

半山春晚即事

春風取花去，酬我以清陰。翳翳陂路静，交交園屋深。床敷每小息，杖屨或幽尋。惟有北山鳥，經過遺好音。

壬辰寒食

客思似楊柳，春風千萬條。更傾寒食淚，欲漲冶城潮。巾髮雪争出，鏡顔朱早雕。未知軒冕樂，但欲老漁樵。

賈生

漢有洛陽子，少年明是非。所論多感概，自信肯依違。死者若可作，今人誰與歸。應須蹈東海，不但涕沾衣。

孟子

沉魄浮魂不可招，遺編一讀想風標。何妨舉世嫌迂闊，故有斯人慰寂寥。

商鞅

自古驅民在信誠，一言爲重百金輕。今人未可非商鞅，商鞅能令政必行。

奉酬永叔見贈

欲傳道義心雖壯，學作文章力已窮。他日若能窺孟子，終身何敢望韓公。摳衣最出諸生後，倒屣嘗傾廣座中。祇恐虛名因此得，嘉篇爲貺豈宜蒙。

平山堂

城北橫岡走翠虬，一堂高視兩三州。淮岑日對朱欄出，江岫雲齊碧瓦浮。墟落耕桑公愷悌，杯觴談笑客風流。不知峴首登臨處，壯觀當時有此不。

金陵懷古四首

其一

霸祖孤身取二江，子孫多以百城降。豪華盡出成功後，逸樂安知與禍雙。東府舊基留佛刹，後庭餘唱落船窗。黍離麥秀從來事，且置興亡近酒缸。

其二

天兵南下此橋江，敵國當時指顧降。山水雄豪空復在，君王神武自難雙。留連落日頻回首，想像餘墟獨倚窗。却怪夏陽纔一葦，漢家何事費罌缸。

其三

地勢東回萬里江，雲間天闕古來雙。兵纏四海英雄得，聖出中原次第降。山水寂寥埋王氣，風烟蕭颯滿僧窗。廢陵壞冢空冠劍，誰復沾纓酹一缸。

其四

憶昨天兵下蜀江，將軍談笑士争降。黄旗已盡年三百，紫氣空收劍一雙。破堞自生新草木，廢宫誰識舊軒窗。不須搔首尋遺事，且倒花前白玉缸。

次韵答平甫

高蟬抱殼悲聲切，新鳥争巢誶語忙。長樹老陰欺夏日，晚花幽艷敵春陽。雲歸山去當檐静，風過溪來滿坐凉。物物此時皆可賦，悔予千里不相將。

金明池

宜秋西望碧參差，憶看鄉人禊飲時。斜倚水開花有思，緩隨風轉柳如痴。青天白日春常好，緑髮朱顏老自悲。跋馬未堪塵滿眼，夕陽偷理釣魚絲。

到舒次韵答平甫

夜别江船晓解骖，秋城气象亦潭潭。山从树外青争出，水向沙边绿半涵。行问啬夫多不记，坐论公瑾少能谈。衹愁地僻无宾客，旧学从谁得指南。

舒州七月十一日雨

行看野气来方勇，卧听秋声落竟悭。淅沥未生罗豆水，苍茫空失皖公山。火耕又见无遗种，肉食何妨有厚颜。巫祝万端曾不救，衹疑天赐雨工闲。

讀史

自古功名亦苦辛，行藏終欲付何人。當時黮暗猶承誤，末俗紛紜更亂真。糟粕所傳非粹美，丹青難寫是精神。區區豈盡高賢意，獨守千秋紙上塵。

染雲

染雲爲柳葉，剪水作梨花。不是春風巧，何緣有歲華。

南浦

南浦隨花去，迴舟路已迷。暗香無覓處，日落畫橋西。

秣陵道中口占二首

其一

經世才難就，田園路欲迷。殷勤將白髮，下馬照青溪。

其二

歲熟田家樂，秋風客自悲。茫茫曲城路，歸馬日斜時。

題舫子

愛此江邊好，留連至日斜。眠分黄犢草，坐占白鷗沙。

梅花

墻角數枝梅，凌寒獨自開。遥知不是雪，爲有暗香來。

北山

北山輸緑漲横陂，直塹迴塘灧灧時。細數落花因坐久，緩尋芳草得歸遲。

書湖陰先生壁

茆檐長掃净無苔，花木成畦手自栽。一水護田將緑繞，兩山排闥送青來。

入瓜步望揚州

落日平林一水邊，蕪城掩映祗蒼然。白頭追想當時事，幕府青衫最少年。

泊船瓜洲

京口瓜洲一水間，鍾山衹隔數重山。春風自綠江南岸，明月何時照我還。

若耶溪歸興

若耶溪上踏莓苔，興罷張帆載酒回。汀草岸花渾不見，青山無數逐人來。

題張司業詩

蘇州司業詩名老，樂府皆言妙入神。看似尋常最奇崛，成如容易却艱辛。

促織

金屏翠幔與秋宜，得此年年醉不知。衹向貧家促機杼，幾家能有一絢絲。

河北民

河北民，生近二邊長苦辛。家家養子學耕織，輸與官家事夷狄。今年大旱千里赤，州縣仍催給河役。老小相携來就南，南人豐年自無食。悲愁白日天地昏，路旁過者無顔色。汝生不及貞觀中，斗粟數錢無兵戎。

天童山溪上

溪水清漣樹老蒼，行穿溪樹踏春陽。溪深樹密無人處，唯有幽花渡水香。

鄞縣西亭

收功無路去無田，竊食窮城度兩年。更作世間兒女態，亂栽花竹養風烟。

登飛來峰

飛來山上千尋塔，聞説鷄鳴見日升。不畏浮雲遮望眼，自緣身在最高層。

題舒州山谷寺石牛洞泉穴

皇祐三年九月十六日，自州之太湖過懷寧縣山谷乾元寺宿，與道人文銳、弟安國擁火游石牛洞，見李翺習之書，聽泉久之，明日復游，乃刻習之後

水泠泠而北出，山靡靡而旁圍。欲窮源而不得，竟悵望以空歸。

宣州府君喪過金陵

百年難盡此身悲，眼入春風祇涕洟。花發鳥啼皆有思，忍尋棠棣鶺鴒詩。

郊行

柔桑采盡緑陰稀，蘆箔蠶成密繭肥。聊向村家問風俗，如何勤苦尚凶飢。

永濟道中寄諸舅弟

燈火匆匆出館陶，回看永濟日初高。似聞空舍鳥鳶樂，更覺荒陂人馬勞。客路光陰真棄置，春風邊塞祇蕭騷。辛夷樹下烏塘尾，把手何時得汝曹。

涿州

涿州沙上望桑乾，鞍馬春風特地寒。萬里如今持漢節，却尋此路使呼韓。

出塞

涿州沙上飲盤桓，看舞春風小契丹。塞雨巧催燕淚落，濛濛吹濕漢衣冠。

入塞

荒雲凉雨水悠悠，鞍馬東西鼓吹休。尚有燕人數行淚，回身却望塞南流。

松間 被召將行作

偶向松間覓舊題，野人休誦北山移。丈夫出處非無意，猿鶴從來不自知。

夜直

金爐香盡漏聲殘，翦翦輕風陣陣寒。春色惱人眠不得，月移花影上欄干。

元日

爆竹聲中一歲除，東風送暖入屠蘇。千門萬户曈曈日，總把新桃換舊符。

衆人

衆人紛紛何足競，是非吾喜非吾病。頌聲交作莽豈賢，四國流言旦猶聖。唯聖人能輕重人，不能銖兩爲千鈞。乃知輕重不在彼，要之美惡由吾身。

壬子偶題

熙寧五年，東府庭下作盆池，故作

黄塵投老倦匆匆，故繞盆池種水紅。落日欹眠何所憶，江湖秋夢櫓聲中。

次韵平甫金山會宿寄親友

天末海門横北固，烟中沙岸似西興。已無船舫猶聞笛，遠有樓臺衹見燈。山月入松金破碎，江風吹水雪崩騰。飄然欲作乘桴計，一到扶桑恨未能。

登寶公塔

倦童疲馬放松門，自把長筇倚石根。江月轉空爲白晝，嶺雲分暝與黄昏。鼠摇岑寂聲隨起，鴉矯荒寒影對翻。當此不知誰客主，道人忘我我忘言。

定林

漱甘凉病齒，坐曠息煩襟。因脱水邊屨，就敷岩上衾。但留雲對宿，仍值月相尋。真樂非無寄，悲蟲亦好音。

雪乾

雪乾雲净見遥岑，南陌芳菲復可尋。换得千顰爲一笑，春風吹柳萬黄金。

金陵即事三首

其一

水際柴門一半開，小橋分路入青苔。背人照影無窮柳，隔屋吹香并是梅。

其二

結綺臨春歌舞地，荒蹊狹巷兩三家。東風漫漫吹桃李，非復當時仗外花。

其三

昏黑投林曉更驚，背人相喚百般鳴。柴門長閉春風暖，事外還能見鳥情。

鍾山即事

澗水無聲繞竹流，竹西花草弄春柔。茅檐相對坐終日，一鳥不鳴山更幽。

初夏即事

石梁茅屋有彎碕，流水濺濺度兩陂。晴日暖風生麥氣，綠陰幽草勝花時。

歲晚

月映林塘澹，風含笑語涼。俯窺憐净緑，小立佇幽香。携幼尋新葯，扶衰坐野航。延緣久未已，歲晚惜流光。

棋

莫將戲事擾真情，且可隨緣道我贏。戰罷兩奩分白黑，一枰何處有虧成。

北陂杏花

一陂春水繞花身，花影妖饒各占春。縱被春風吹作雪，絶勝南陌碾成塵。

孤桐

天質自森森，孤高幾百尋。陵霄不屈己，得地本虛心。歲老根彌壯，陽驕葉更陰。明時思解慍，願斫五弦琴。

華藏院此君亭

一徑森然四座凉，殘陰餘韵興何長。人憐直節生來瘦，自許高材老更剛。曾與蒿藜同雨露，終隨松柏到冰霜。煩君惜取根株在，欲乞伶倫學鳳凰。

禿山

吏役滄海上，瞻山一停舟。怪此禿誰使，鄉人語其由。一狙山上鳴，一狙從之游。相匹乃生子，子衆孫還稠。山中草木盛，根實始易求。攀挽上極高，屈指亦窮幽。衆狙各豐肥，山乃盡侵牟。攘争取一飽，豈暇議藏收。大狙尚自苦，小狙亦已愁。稍稍受咋嚙，一毛不得留。狙雖巧過人，不善操鋤耰。所嗜在果穀，得之常以偷。嗟此海山中，四顧無所投。生生未云已，歲晚將安謀。

葛溪驛

缺月昏昏漏未央，一燈明滅照秋床。病身最覺風露早，歸夢不知山水長。坐感歲時歌慷慨，起看天地色凄涼。鳴蟬更亂行人耳，正抱疏桐葉半黃。

代答

破車傷馬亦天成，所托雖高豈自營。四海不無容足地，行人何事此中行。

金山寺

招提憑高岡，四面斷行旅。勝地猶在險，浮梁裊相拄。大江當我前，颭灩翠綃舞。通流與廚會，甘美勝牛乳。扣欄出黿鼉，幽姿可時睹。夜深殿突兀，太微凝帝宇。壁立兩崖對，迢迢隔雲雨。天多剩得月，月落聞津鼓。夜風一何喧，大舶夾雙櫓。顛沉在須臾，我自楫迎汝。始知像教力，但度無所苦。憶昨狼狽初，衹見石與土。榮華一朝盡，土梗空俯僂。人事隨轉燭，蒼茫竟誰主。咄嗟檀施開，繡楹盤萬礎。高閣切星辰，新秋照牛女。湯休起我病，轉上青天去。攝身凌蒼霞，同憑朱欄語。我歌爾其聆，幽憤得一吐。誰言張處士，雄筆映千古。

望夫石

雲鬟烟鬢與誰期，一去天邊更不歸。還似九嶷山下女，千秋長望舜裳衣。

示長安君

少年離別意非輕，老去相逢亦愴情。草草杯盤供笑語，昏昏燈火話平生。自憐湖海三年隔，又作塵沙萬里行。欲問後期何日是，寄書應見雁南征。

古松

森森直幹百餘尋，高入青冥不附林。萬壑風生成夜響，千山月照挂秋陰。豈因糞壤栽培力，自得乾坤造化心。廊廟乏材應見取，世無良匠勿相侵。

獨山梅花

獨山梅花何所似，半開半謝荆棘中。美人零落依草木，志士憔悴守蒿蓬。亭亭孤艷帶寒日，漠漠遠香隨野風。移栽不得根欲老，回首上林顔色空。

題西太一宫壁二首

其一

柳葉鳴蜩緑暗，荷花落日紅酣。三十六陂流水，白頭想見江南。

其二

三十年前此地，父兄持我東西。今日重來白首，欲尋陳迹都迷。

西太一宫樓

草際芙蕖零落，水邊楊柳欹斜。日暮炊烟孤起，不知漁網誰家。

雨過偶書

霈然甘澤洗塵寰，南畝東郊共慰顔。地望歲功還物外，天將生意與人間。霽分星斗風雷静，凉入軒窗枕簟閑。誰似浮雲知進退，纔成霖雨便歸山。

戲城中故人

城郭山林路半分，君家塵土我家雲。莫吹塵土來污我，我自有雲持寄君。

木末

木末北山烟冉冉，草根南澗水泠泠。繰成白雪桑重綠，割盡黃雲稻正青。

斜徑

斜徑偶通南埭路，數家遥對北山岑。草頭蛺蝶黄花晚，菱角蜻蜓翠蔓深。

悟真院

野水縱横漱屋除，午窗殘夢鳥相呼。春風日日吹香草，山北山南路欲無。

鍾山晚步

小雨輕風落楝花，細紅如雪點平沙。槿籬竹屋江村路，時見宜城賣酒家。

六年

六年湖海老侵尋，千里歸來一寸心。西望國門搔短髮，九天宮闕五雲深。

杖藜

杖藜隨水轉東岡，興罷還來赴一床。堯桀是非時入夢，固知餘習未全忘。

省兵

有客語省兵，兵省非所先。方今將不擇，獨以兵乘邊。前攻已破散，後距方完堅。以衆亢彼寡，雖危猶幸全。將既非其才，議又不得專。兵少敗孰繼，胡來飲秦川。萬一雖不爾，省兵當何緣。驕惰習已久，去歸豈能田。不田亦不桑，衣食猶兵然。省兵豈無時，施置有後前。王功所由起，古有七月篇。百官勤儉慈，勞者已息肩。游民慕草野，歲熟不在天。擇將付以職，省兵果有年。

車螯二首

其一

車螯肉甚美，由美得烹燔。殼以無味棄，棄之能久存。予嘗憐其肉，柔弱甘咀吞。又嘗怪其殼，有功不見論。醉客快一啖，散投墻壁根。寧能爲收拾，持用訊醫門。

其二

車螯肉之弱，恃殼保厥身。自非身有求，不敢微啟唇。尚恐擉者得，泥沙常埋堙。往往湯火間，身盡殼空存。維海錯萬物，口牙且咀吞。爾無如彼何，可畏寧獨人。無爲久自苦，含匿不暴陳。豁然從所如，游蕩四海湣。清波濯其污，白日曬其昏。死生或有在，豈遽得烹燔。

登越州城樓

越山長青水長白，越人長家山水國。可憐客子無定宅，一夢三年今復北。浮雲漂渺抱城樓，東望不見空回頭。人間未有歸耕處，早晚重來此地游。

憶昨詩示諸外弟

憶昨此地相逢時，春入窮谷多芳菲。短垣困困冠翠嶺，躑躅萬樹紅相圍。幽花媚草錯雜出，黃蜂白蝶參差飛。此時少壯自負恃，意氣與日爭光輝。乘閑弄筆戲春色，脱略不省旁人譏。坐欲持此博軒冕，肯言孔孟猶寒飢。丙子從親走京國，浮塵坌并緇人衣。明年親作建昌吏，四月挽船江上磯。端居感慨忽自寤，青天閃爍無停暉。男兒少壯不樹立，挾此窮老將安歸。吟哦圖書謝慶吊，坐室寂寞生伊威。材疏命賤不自揣，欲與稷契遐相希。旻天一朝畀以禍，先子泯没予誰依。精神流離肝肺絶，眥血被面無時晞。母兄呱呱泣相守，三載厭食鍾山薇。屬聞降詔起群彦，遂自下國趨王畿。刻章琢句獻天子，釣取薄禄歡庭闈。身著青衫手持版，奔走卒歲官淮沂。淮沂無山四封庳，獨有廟塔尤峨巍。時時憑高一悵望，想見江南多翠微。歸心動蕩不可抑，霍若猛吹翻旌旂。騰書漕府私自列，仁者惻隱從其祈。暮春三月亂江水，勁櫓健帆如轉機。還家上堂拜祖母，奉手出涕縱橫揮。出門信馬向何許，城郭宛然相識稀。永懷前事不自適，却指舅館排山扉。當時髫兒戲我側，於今冠佩何頎頎。况復丘樊滿秋色，蜂蝶摧藏花草腓。令人感嗟千萬緒，不忍蒼卒回驂騑。留當開樽强自慰，邀子劇飲毋予違。

過外弟飲

一日君家把酒杯，六年波浪與塵埃。不知烏石崗邊路，至老相尋得幾回。

落星寺在南康軍江中

窣雲臺殿起崔嵬，萬里長江一酒杯。坐見山川呑日月，杳無車馬送閑來。

塵埃。雁飛雲路聲低過，客近天門夢易迴。勝概唯詩可收拾，不才羞作等

白日不照物

白日不照物，浮雲在寥廓。風濤吹黄昏，屋瓦更紛泊。行觀蔡河上，

負土私力弱。隋堤散萬家，亂若春蠶箔。仍聞決數道，且用寬城郭。婦子夜號呼，西南漫爲壑。

今日非昨日

今日非昨日，昨日已可思。明日異今日，如何能勿悲。當門五六樹，上有蟬鳴枝。朝聽尚壯急，暮聞已衰遲。仰看青青葉，亦復少華滋。萬物同一氣，固知當爾爲。我友南山居，笑談解人頤。分我秋柏實，問言歸何時。衣冠污窮塵，苟得猶苦飢。低徊歲忽晚，恐負平生期。

陰山畫虎圖

陰山健兒鞭鞚急，走勢能追北風及。逶迤一虎出馬前，白羽橫穿更人立。回旗倒戟四邊動，抽矢當前放蹄入。爪牙蹭蹬不得施，磧上流丹看來濕。胡天朔漠殺氣高，烟雲萬里埋弓刀。穹廬無工可貌此，漢使自解丹青包。堂上絹素開欲裂，一見猶能動毛髮。低徊使我思古人，此地摶兵走戎羯。禽逃獸遁亦蕭然，豈若封疆今晏眠。契丹弋獵漢耕作，飛將自老南山邊，還能射虎隨少年。

同昌叔賦雁奴

鴻雁無定栖，隨陽以南北。嗟哉此爲奴，至性能懇惻。人將伺其殆，奴輒告之亟。舉群寤而飛，機巧無所得。夜或以火取，奴鳴火因匿。頻驚莫我捕，顧謂奴不直。嗷嗷身百憂，泯泯衆一息。相隨入矰繳，豈不聽者惑。偷安與受紿，自古有亡國。君看雁奴篇，禍福甚明白。

詳定試卷二首

其一

簾垂咫尺斷經過，把卷空聞笑語多。論衆勢難專可否，法嚴人更謹誰何。文章直使看無類，勳業安能保不磨。疑有高鴻在寥廓，未應回首顧張羅。

其二

童子常誇作賦工，暮年羞悔有揚雄。當時賜帛倡優等，今日論才將相中。細甚客卿因筆墨，卑於爾雅注魚蟲。漢家故事真當改，新咏知君勝弱翁。

何處難忘酒二首 擬白樂天作

其一

何處難忘酒，英雄失志秋。廟堂生莽卓，岩谷死伊周。賦斂中原困，干戈四海愁。此時無一盞，難遣壯圖休。

其二

何處難忘酒，君臣會合時。深堂拱堯舜，密席坐皋夔。和氣襲萬物，歡聲連四夷。此時無一盞，真負鹿鳴詩。

送王詹叔利州路運判

王孫舊讀五車書，手把山陽太守符。未駕朱轓辭輦轂，却分金節佐均輸。人才自古常難得，時論如君豈久孤。去去便看歸奏事，莫嗟行路有崎嶇。

游城南即事二首

其一

神奸變化久難知，禹鼎由來更不疑。螭魅合謀非一日，太丘真復社亡遲。

其二

泰壇東路繞重營，獨背朝陽信馬行。漫道城南天尺五，荒林時見一柴荊。

再題南澗樓

北山雲漠漠，南澗水悠悠。去此非吾願，臨分更上樓。

雨花臺

盤互長干有絶陘，并包佳麗入江亭。新霜浦溆綿綿净，薄晚林巒往往青。南上欲窮牛渚怪，北尋難忘草堂靈。篃輿却走垂楊陌，已戴寒雲一兩星。

池上看金沙花數枝過酴醾架盛開

故作酴醾架，金沙秖漫栽。似矜顔色好，飛度雪前開。

寄蔡天啟

杖藜緣塹復穿橋，誰與高秋共寂寥。佇立東岡一搔首，冷雲衰草暮迢迢。

午枕

百年春夢去悠悠，不復吹簫向此留。野草自花還自落，鳴禽相乳亦相酬。舊蹊埋没開新徑，朱户欹斜見畫樓。欲把一杯無伴侣，眼看興廢使人愁。

一日歸行

賤貧奔走食與衣，百日奔走一日歸。平生歡意苦不盡，正欲老大相因依。空房蕭瑟施繐帷，青燈半夜哭聲稀。音容想像今何處，地下相逢果是非。

讀蜀志

千載紛争共一毛，可憐身世兩徒勞。無人語與劉玄德，問舍求田意最高。

過劉貢甫

去年約子游山陂，今者仍爲大梁客。天旋日月不少留，稱意人間寧易得。天明徑欲相就語，雲雪填城萬家白。冬風吹鬣馬更驕，一出何由問行迹。能言奇字世已少，終欲追攀豈辭劇。枕中鴻寶舊所傳，飲我寧辭酒或索。吾願與子同醉醒，顔狀雖殊心不隔。故知今有可憐人，回首紛紛斗筲窄。

和平甫舟中望九華山二首

其一

楚越千萬山，雄奇此山兼。盤根雖巨壯，其末乃修纖。去縣尚百里，側身勇前瞻。蕭條烟嵐上，縹緲浮青尖。徐行稍復逼，所矚亦已添。精神去亹亹，氣象來漸漸。卸席取近岸，移船傍蒼蒹。窺觀坐窮晡，未覺晷刻淹。江空萬物息，四面波瀾恬。峨然九女鬟，争出一鏡奩。卧送秋月没，起看朝陽暹。游氛蕩無餘，瑣細得盡覘。陵空翠驫直，照影寒銽銛。冢木立紺髮，崖林張紫髯。變態生倏忽，雖神詎能占。當留老吾身，少駐誰云饜。惜哉秦漢君，黄屋上衡灊。等之事嬉游，捨此何其廉。我疑二后荒，神物久已厭。埋藏在雲霧，不欲登昏憸。又疑避褒封，蔽匿以爲謙。或是古史書，脱落簡與籤。當時備巡游，今不存緗縑。終南秦之望，泰山魯所詹。天王與秩祭，俎豆羅醯鹽。苟能澤下民，維此遠亦沾。方今東南旱，土脉燥不黏。尚無膚寸功，豈免竊食嫌。神莽吾難知，士病吾能砭。文章巧傅會，智術工飛鉗。薦寶互珪璧，論材自楩楠。苟以飾婦妾，謬云活蒼黔。豈如幽人樂，兹山謝閭閻。穴石作户牖，垂泉當門簾。尋奇出後徑，覽勝倚前檐。超然往不返，舉世徒呫呫。高興寄日月，千秋伴烏蟾。遐追商洛翁，秦火不能炎。近慕楚穆生，竟脱楚人鉗。吾意竊所尚，人謀諒難僉。

其二

誰謂九華遠，吾身未嘗詹。唱篇每起予，予口安能鉗。憶在秋浦北，空江上新蟾。光潔寫一鏡，迴環兩堤奩。露坐引衣襋，風行欹帽檐。維舟當此時，巨細得盡瞻。試嘗論大略，次乃述微纖。此山廣以深，包畜萬物兼。噓雲吐霧雨，生育靡不漸。巍然如九皇，德澤四海沾。此山相後先，各出群峰尖。毅然如九官，羅立在堂廉。挺身百辟上，附麗無奸憸。此山高且寒，五月不覺炎。草樹萋已緑，冰霜尚涵淹。頹然如九老，白髮連蒼髯。此山當無雲，秀色鬱以添。姹然如九女，靚飾出重簾。佩環與巾裙，紺玉青紈縑。遠之姸西施，近或醜無鹽。變態不可窮，詩者徒呫呫。我初勇一往，役世難安恬。浪荒不走職，民瘼當誰砭。乖離今數旬，夢想欲窺覘。自期得所如，何啻釋囚鉗。念昔太白巔，下視海日暹。揭來天柱游，屐齒尚苔黏。猶之健飲食，屢饗亦云饜。胡爲慕攀躋，已憊且不嫌。豈其仁智心，山水固所潛。男兒有所學，進退不在占。功名苟不諧，廊廟等閭閻。況乃掄椽杙，其誰辨梗楠。歸歟岩崖居，料理帶與簽。得石坐兀兀，逢泉飲厭厭。取捨斷在獨，豈必詢謀僉。子語實慰我，寧殊邑中黔。玉枝將在山，當倚以葭蒹。詩力我已屈，鋒鋩子猶銛。扶傷更一戰，語汝其無謙。

次韻張子野竹林寺二首

其一

澗水橫斜石路深，水源窮處有叢林。青鴛幾世開蘭若，黃鶴當年瑞卯金。敗壁數峰連粉墨，凉烟一穗起檀沈。十年親友半零落，回首舊游成古今。

其二

京峴城南隱映深，兩牛鳴地得禪林。風泉隔屋撞哀玉，竹月緣階貼碎金。藻井仰窺塵漠漠，青燈對宿夜沈沈。扁舟過客十年事，一夢此山愁至今。

文選

思歸賦

蹇吾南兮安之？莽吾北兮親之思。朝吾舟兮水波，暮吾馬兮山阿。亡濟兮維夷，夫孰驅兮亡孅。風倏倏兮來去，日翳翳兮溟濛之雨。萬物紛披蕭索兮，歲逶迤其今暮。吾慼不知夫塗兮，徘徊彷徨以反顧。盍歸兮，盍去兮，獨何爲乎此旅？

原性

或曰：孟、荀、揚、韓四子者，皆古之有道仁人。而性者，有生之大本也，以古之有道仁人，而言有生之大本，其爲言也宜無惑，何其說之相戾也？吾願聞子之所安。

曰：吾所安者，孔子之言而已。夫太極者，五行之所由生，而五行非太極也。性者，五常之太極也，而五常不可以謂之性。此吾所以異於韓子。且韓子以仁、義、禮、智、信五者謂之性，而曰天下之性惡焉而已矣。五者之謂性而惡焉者，豈五者之謂哉？

孟子言人之性善，荀子言人之性惡。夫太極生五行，然後利害生焉，而太極不可以利害言也。性生乎情，有情然後善惡形焉，而性不可以善惡言也。此吾所以異於二子。孟子以惻隱之心人皆有之，因以謂人之性無不仁。就所謂性者如其説，必也怨毒忿戾之心人皆無之，然後可以言人之性無不善，而人果皆無之乎？孟子以惻隱之心爲性者，以其在内也。夫惻隱之心與怨毒忿戾之心，其有感於外而後出乎中者，有不同乎？荀子曰：『其爲善者僞也。』就所謂性者如其說，必也惻隱之心人皆無之，然後可以言善者僞也，爲人果皆無之乎？荀子曰：『陶人化土而爲埴，埴豈土之性也哉？』夫陶人不以木爲埴者，惟土有埴之性焉，烏在其爲僞也？且諸子之所言，皆吾所謂情也、習也，非性也。

揚子之言爲似矣，猶未出乎以習而言性也。古者有不謂喜、怒、愛、惡、欲情者乎？喜、怒、愛、惡、欲而善，然後從而命之曰仁也、義也；喜、怒、愛、惡、欲而不善，然後從而命之曰不仁也、不義也。故曰：有情然後善惡形焉。然則善惡者，情之成名而已矣。孔子曰：『性相近也，習相遠也。』吾之言如此。

然則『上智與下愚不移』，有說乎？曰：此之謂智愚，吾所云者，性與善惡也。惡者之於善也，爲之則是；愚者之於智也，或不可强而有也。

伏羲作《易》，而後世聖人之言也，非天下之至精至神，其孰能與於此？孔子作《春秋》，則游、夏不能措一辭。蓋伏羲之智，非至精至神不能與，惟孔子之智，雖游、夏不可强而能也，况所謂下愚者哉？其不移明矣。

或曰：四子之云爾，其皆有意於教乎？曰：是説也，吾不知也。聖人之教，正名而已。

原教

善教者藏其用，民化上而不知所以教之之源。不善教者反此。民知所以教之之源，而不誠化上之意。善教者之爲教也，致吾義忠而天下之君臣義且忠矣，致吾孝慈而天下之父子孝且慈矣，致吾恩於兄弟而天下之兄弟相爲恩矣，致吾禮於夫婦而天下之夫婦相爲禮矣。天下之君君臣臣、父父子子、兄兄弟弟、夫夫婦婦，皆吾教也。民則曰：『我何賴於彼哉？』此謂化上而不知所以教之之源也。不善教者之爲教也，不此之務，而暴爲之制，煩爲之防，劬劬於法令誥戒之間，藏於府，憲於市，屬民於鄙野。必曰臣而臣，君而君，子而子，父而父，兄弟者無失其爲兄弟也，夫婦者無失其爲夫婦也。率是也有賞，不然則罪。鄉閭之師，族鄰之長，疏者時讀，密者月告，若是其悉矣。顧有不服教而附於刑者，於是嘉石以慚之，圜土以苦之，甚者棄之於市朝，放之於裔末，卒不可以已也。此謂民知所以教之之源，而不誠化上之意也。善教者浹於民心，而耳目無聞焉，以道擾民者也；不善教者施於民之耳目，而求浹於心，以道强民者也。擾之爲言，猶山藪之擾毛羽，川澤之擾鱗介也，豈有制哉？自然然耳。强之爲言，其猶囿毛羽沼鱗介乎！一失其制，脱然逝矣。噫！古之所以爲古，無異焉，由前而已矣；今之所以不爲古，無異焉，由後而已矣。

或曰：『法令誥戒不足以爲教乎？』曰：『法令誥戒，文也；吾云爾者，本也。失其本而求之文，吾不知其可也。』

原過

天有過乎？有之，陵歷鬥蝕是也。地有過乎？有之，崩弛竭塞是也。天地舉有過，卒不累覆且載者何？善復常也。人介乎天地之間，則固不能無過，卒不害聖且賢者何？亦善復常也。故太甲思庸，孔子曰『勿憚改過』，揚雄貴遷善，皆是術也。予之朋，有過而能悔，悔而能改，人則曰：

『是嚮之從事云爾，今從事與嚮之從事弗類，非其性也，飾表以疑世也。』夫豈知言哉？天播五行於萬靈，人固備而有之。有而不思則失，思而不行則廢。一日咎前之非，沛然思而行之，是失而復得，廢而復舉也。顧曰非其性，是率天下而戕性也。且如人有財，見篡於盜，已而得之，曰『非夫人之財，嚮篡於盜矣』，可歟？不可也。財之在己，固不若性之爲己有也。財失復得，曰非其財，且不可，性失復得，曰非其性，可乎？

性説

孔子曰：『性相近也，習相遠也。』吾是以與孔子也。韓子之言性也，吾不有取焉。然則孔子所謂『中人以上可以語上，中人以下不可以語上』『惟上智與下愚不移』，何説也？曰：習於善而已矣，所謂上智者；習於惡而已矣，所謂下愚者；一習於善，一習於惡，所謂中人者。上智也、下愚也、中人也，其卒也命之而已矣。有人於此，未始爲不善也，謂之上智可也；其卒也去而爲不善，然後謂之中人可也。有人於此，未始爲善也，謂之下愚可也；其卒也去而爲善，然後謂之中人可也。惟其不移，然後謂之上智，惟其不移，然後謂之下愚，皆於其卒也命之，夫非生而不可移也。且韓子之言弗顧矣，曰：『性之品三，而其所以爲性五。』夫仁、義、禮、智、信，孰而可謂不善也？又曰：『上焉者之於五，主於一而行之四；下焉者之於五，反於一而悖於四。』是其於性也，不一失焉，而後謂之上焉者；不一得焉，而後謂之下焉者。是果性善，而不善者，習也。

然則堯之朱、舜之均、瞽瞍之舜、鯀之禹、后稷、越椒、叔魚之事，後所引者，皆不可信邪？曰：堯之朱、舜之均，固吾所謂習於惡而已者；瞽瞍之舜、鯀之禹，固吾所謂習於善而已者。后稷之詩以異云，而吾之所論者常也。《詩》之言，至以爲人子而無父。人子而無父，猶可以推其質常乎？夫言性，亦常而已矣；無以常乎，則狂者蹈火而入河，亦可以爲性也。越椒、叔魚之事，徒聞之左丘明，丘明固不可信也。以言取人，孔子失之宰我；以貌，失之子羽。此兩人者，其成人也，孔子朝夕與之居，以言貌取之而失。彼其始生也，婦人者以聲與貌定，而卒得之。婦人者獨有過孔子者邪？

太古

太古之人，不與禽獸朋也幾何？聖人惡之也，制作焉以別之。下而戾於後世，侈裳衣，壯宮室，隆耳目之觀以嚻天下。君臣、父子、兄弟、夫婦，皆不得其所當然，仁義不足澤其性，禮樂不足錮其情，刑政不足網其惡，蕩然復與禽獸朋矣。聖人不作，昧者不識所以化之之術，顧引而歸之太古。太古之道果可行之萬世，聖人惡用制作於其間？必制作於其間，爲太古之不可行也。顧欲引而歸之，是去禽獸而之禽獸也，奚補於化哉？吾以爲識治亂者，當言所以化之之術。曰歸之太古，非愚則誣。

送孫正之序

時然而然，衆人也；己然而然，君子也。己然而然，非私己也，聖人之道在焉爾。夫君子有窮苦顛跌，不肯一失詘己以從時者，不以時勝道也。

故其得志於君，則變時而之道，若反手然。彼其術素修而志素定也。時乎楊、墨，己不然者，孟軻氏而已；時乎釋、老，己不然者，韓愈氏而已。如孟、韓者，可謂術素修而志素定也，不以時勝道也。惜也不得志於君，使真儒之效不白於當世，然其於衆人也卓矣。嗚呼！予觀今之世，圓冠峨如，大裙襜如，坐而堯言，起而舜趨，不以孟、韓之心爲心者，果異衆人乎？

予官於揚，得友曰孫正之。正之行古之道，又善爲古文，予知其能以孟、韓之心爲心而不已者也。夫越人之望燕，爲絶域也。北轅而首之，苟不已，無不至。孟、韓之道去吾黨，豈若越人之望燕哉？以正之之不已而不至焉，予未之信也。一日得志於吾君，而真儒之效不白於當世，予亦未之信也。

正之之兄官於温，奉其親以行，將從之，先爲言以處予。予欲默，安得而默也？慶曆二年閏九月十一日，送之云爾。

張刑部詩序

刑部張君詩若干篇，明而不華，喜諷道而不刻切，其唐人善詩者之徒歟！君并楊、劉生，楊、劉以其文詞染當世，學者迷其端原，靡靡然窮日力以摹之，粉墨青朱，顛錯叢庬，無文章黼黻之序，其屬情藉事，不可考據也。方此時，自守不污者少矣。君詩獨不然，其自守不污者邪？子夏曰：『詩者，志之所之也。』觀君之志，然則其行亦自守不污者邪，豈唯其言而已！畀予詩而請序者，君之子彥博也。彥博字文叔，爲撫州司法，還自揚州識之，日與之接云。慶曆三年八月序。

靈谷詩序

吾州之東南有靈谷者，江南之名山也。龍蛇之神，虎豹、翬翟之文章，楩楠、豫章、竹箭之材，皆自山出。而神林、鬼冢、魑魅之穴，與夫仙人、釋子恢譎之觀，咸附托焉。至其淑靈和清之氣，盤礴委積於天地之間，萬物之所不能得者，乃屬之於人，而處士君實生其址。

君姓吴氏，家於山址，豪杰之望，臨吾一州者，蓋五六世，而後處士君出焉。其行，孝悌忠信；其能，以文學知名於時。惜乎其老矣，不得與夫虎豹、翬翟之文章，楩楠、豫章、竹箭之材，俱出而爲用於天下，顧藏其神奇，而與龍蛇雜此土以處也。然君浩然有以自養，遨游於山川之間，嘯歌謳吟，以寓其所好，終身樂之不厭，而有詩數百篇，傳誦於閭里。他日，出

《靈谷》三十二篇以屬其甥曰：『爲我讀而序之。』惟君之所得，蓋有伏而不見者，豈特盡於此詩而已？雖然，觀其鑱刻萬物，而接之以藻繢，非夫詩人之巧者，亦孰能至於此！

周禮義序

士弊於俗學久矣，聖上閔焉，以經術造之。乃集儒臣，訓釋厥旨，將播之學校，而臣安石實董《周官》。

惟道之在政事，其貴賤有位，其先後有序，其多寡有數，其遲數有時。制而用之存乎法，推而行之存乎人。其人足以任官，其官足以行法，莫盛乎成周之時。其法可施於後世，其文有見於載籍，莫具乎《周官》之書。

蓋其因習以崇之，賡續以終之，至於後世，無以復加。則豈特文、武、周公之力哉？猶四時之運，陰陽積而成寒暑，非一日也。

自周之衰，以至於今，歷歲千數百矣。太平之遺迹，掃蕩幾盡，學者所見，無復全經。於是時也，乃欲訓而發之，臣誠不自揆，然知其難也。以訓而發之之爲難，則又以知夫立政造事追而復之之爲難。然竊觀聖上致法就功，取成於心，訓迪在位，有馮有翼，亹亹乎鄉六服承德之世矣。以所觀乎今，考所學乎古，所謂見而知之者，臣誠不自揆，妄以爲庶幾焉，故遂昧冒自竭，而忘其材之弗及也。

謹列其書爲二十有二卷，凡十餘萬言。上之御府，副在有司，以待制詔頒焉。謹序。

同學一首別子固

江之南有賢人焉，字子固，非今所謂賢人者，予慕而友之。淮之南有賢人焉，字正之，非今所謂賢人者，予慕而友之。二賢人者，足未嘗相過也，口未嘗相語也，辭幣未嘗相接也。其師若友，豈盡同哉？予考其言行，其不相似者，何其少也！曰：『學聖人而已矣。』學聖人，則其師若友，必學聖人者。聖人之言行，豈有二哉？其相似也適然。

予在淮南，爲正之道子固，正之不予疑也。還江南，爲子固道正之，子固亦以爲然。予又知所謂賢人者，既相似又相信不疑也。

子固作《懷友》一首遺予，其大略欲相扳以至乎中庸而後已。正之蓋亦常云爾。夫安驅徐行，轥中庸之庭，而造於其堂，捨二賢人者而誰哉？

予昔非敢自必其有至也，亦願從事於左右焉爾。輔而進之，其可也。噫！官有守，私有繫，會合不可以常也，作《同學一首别子固》以相警且相慰云。

傷仲永

金溪民方仲永，世隸耕。仲永生五年，未嘗識書具，忽啼求之。父異焉，借旁近與之，即書詩四句，并自爲其名。其詩以養父母、收族爲意，傳一鄉秀才觀之。自是指物作詩立就，其文理皆有可觀者。邑人奇之，稍稍賓客其父，或以錢幣乞之。父利其然也，日扳仲永環謁於邑人，不使學。

予聞之也久，明道中，從先人還家，於舅家見之，十二三矣。令作詩，不能稱前時之聞。又七年，還自揚州，復到舅家，問焉，曰：『泯然衆人矣。』

王子曰：『仲永之通悟，受之天也，其受之天也，賢於材人遠矣。卒之爲衆人，則其受於人者不至也。彼其受之天也，如此其賢也，不受之人，且爲衆人。今夫不受之天，固衆人，又不受之人，得爲衆人而已邪！』

芝閣記

祥符時，封泰山以文天下之平，四方以芝來告者萬數。其大吏，則天子賜書以寵嘉之，小吏若民，輒錫金帛。方是時，希世有力之大臣，窮搜而遠采，山農野老，攀緣狙杙，以上至不測之高，下至澗溪壑谷，分崩裂絶，幽窮隱伏，人迹之所不通，往往求焉。而芝出於九州四海之間，蓋幾於盡矣。

至今上即位，謙讓不德。自大臣不敢言封禪。詔有司以祥瑞告者皆勿納，於是神奇之産，銷藏委翳於蒿藜榛莽之間，而山農野老不復知其爲瑞也。則知因一時之好惡，而能成天下之風俗，况於行先王之治哉？

太丘陳君，學文而好奇。芝生於庭，能識其爲芝，惜其可獻而莫售也，故閣於其居之東偏，掇取而藏之。蓋其好奇如此。噫！芝一也，或貴於天子，或貴於士，或辱於凡民，夫豈不以時乎哉？士之有道，固不役志於貴賤，而卒所以貴賤者，何以異哉？此予之所以嘆也。皇祐五年十月日記。

鄞縣經游記

慶曆七年十一月丁丑，余自縣出，屬民使浚渠川，至萬靈鄉之左界，宿慈福院。戊寅，升鷄山，觀碶工鑿石，遂入育王山，宿廣利寺。雨，不克東。辛巳，下靈岩，浮石湫之壑以望海，而謀作斗門於海濱，宿靈岩之旌教院。癸未，至蘆江，臨决渠之口，轉以入於瑞岩之開善院，遂宿。甲申，游天童山，宿景德寺。質明，與其長老瑞新上石空望玲瓏岩，須猿吟者久之，而還食寺之西堂，遂行，至東吴，具舟以西。質明，泊舟堰下，食大梅山之保福寺莊。過五峰，行十里許，復具舟以西，至小溪，以夜中。質明，觀新渠及洪水灣，還食普寧院。日下昃，如林村。夜未中，至資壽院。質明，戒桃源、清道二鄉之民以其事。凡東西十有四鄉，鄉之民畢已受事，而余遂歸云。

游褒禪山記

褒禪山亦謂之華山，唐浮圖慧褒始舍於其址，而卒葬之，以故其後名之曰褒禪。今所謂慧空禪院者，褒之廬冢也。距其院東五里，所謂華山洞者，以其乃華山之陽名之也。距洞百餘步，有碑仆道，其文漫滅，獨其爲文猶可識，曰花山。今言『華』如『華實』之『華』者，蓋音謬也。

其下平曠，有泉側出，而記游者甚衆，所謂前洞也。由山以上五六里，有穴窈然，入之甚寒，問其深，則其好游者不能窮也，謂之後洞。余與四人擁火以入，入之愈深，其進愈難，而其見愈奇。有怠而欲出者，曰：『不出，火且盡。』遂與之俱出。蓋予所至，比好游者尚不能十一，然視其左右，來而記之者已少。蓋其又深，則其至又加少矣。方是時，予之力尚足以入，火尚足以明也。既其出，則或咎其欲出者，而予亦悔其隨之，而不得極夫游之樂也。

於是予有嘆焉。古人之觀於天地、山川、草木、蟲魚、鳥獸，往往有得，以其求思之深而無不在也。夫夷以近，則游者衆；險以遠，則至者少。而世之奇偉瑰怪非常之觀，常在於險遠，而人之所罕至焉。故非有志者不能至也。有志矣，不隨以止也，然力不足者，亦不能至也。有志與力，而又不隨以怠，至於幽暗昏惑，而無物以相之，亦不能至也。然力足以至焉，於人可爲譏，而在己爲有悔。盡吾志也而不能至者，可以無悔矣，其孰能譏之乎？此予之所得也。

余於仆碑，又以悲夫古書之不存，後世之謬其傳而莫能名者，何可勝道也哉！此所以學者不可以不深思而慎取之也。四人者，廬陵蕭君圭君玉，長樂王回深父，余弟安國平父、安上純父。至和元年七月某甲子，臨川王某記。

揚州龍興十方講院記

予少時，客游金陵，浮屠慧禮者從予游。予既吏淮南，而慧禮得龍興佛舍，與其徒日講其師之説。嘗出而過焉，庳屋數十椽，上破而旁穿，側出而視後，則榛棘出人，不見垣端。指以語予曰：『吾將除此而宮之。雖然，其成也，不以私，吾後必求時之能行吾道者付之。願記以示後之人，使不得私焉。』當是時，禮方丐食飲以卒日，視其居枵然。余特戲曰：『姑成之，吾記無難者。』後四年，來曰：『昔之所欲爲，凡百二十楹，賴州人蔣氏之力，既皆成，盍有述焉？』噫！何其能也！

蓋慧禮者，予知之，其行謹潔，學博而才敏，而又卒之以不私，宜成此不難也。世既言佛能以禍福語傾天下，故其隆嚮之如此，非徒然也，蓋其學者之材，亦多有以動世耳。今夫衣冠而學者，必曰自孔氏。孔氏之道易行也，非有苦身窘形，離性禁欲，若彼之難也。而士之行可一鄉、才足一官者常少，而浮屠之寺廟被四海，則彼其所謂材者，寧獨禮耶？以彼之材，由此之道，去至難而就甚易，宜其能也。嗚呼！失之此而彼得焉，其有以也夫！

揚州新園亭記

諸侯宮室臺榭，講軍實，容俎豆，各有制度。揚，古今大都，方伯所治處。制度狹庳，軍實不講，俎豆無以容，不以逼諸侯哉？宋公至自丞相府，化清事省，喟然有意其圖之也。

今太常刁君實集其意，會公去鎮鄆，君即而考之，占府乾隅，夷茀而基，因城而垣，并垣而溝，周六百步，竹萬個覆其上。故高亭在垣東南，循而西三十軓，作堂曰『愛思』，道僚吏之不忘宋公也。堂南北鄉，袤八筵，廣六筵。直北爲射埒，列樹八百本，以翼其旁。賓至而享，吏休而宴，於是乎在。又循而西十有二軓，作亭曰『隸武』，南北鄉，袤四筵，廣如之。埒如堂，列樹以鄉，歲時教士戰、射、坐作之法，於是乎在。始慶曆二年十二月某日，凡若干日卒功云。

初，宋公之政，務不煩其民，是役也，力出於兵，材資於宫之饒，地瞰於公宫之隙，成公志也。噫！揚之物與監，東南所規仰，天子宰相所垂意，而選繼乎宜有若宋公者，丞乎宜有若刁君者。金石可弊，此無廢已。慶曆三年四月某日，臨川王某記。

讀孟嘗君傳

世皆稱孟嘗君能得士，士以故歸之，而卒賴其力以脱於虎豹之秦。嗟乎！孟嘗君特鷄鳴狗盗之雄耳，豈足以言得士？不然，擅齊之强，得一士焉，宜可以南面而制秦，尚何取鷄鳴狗盗之力哉？夫鷄鳴狗盗之出其門，此士之所以不至也。

讀柳宗元傳

余觀八司馬皆天下之奇材也，一爲叔文所誘，遂陷於不義。至今士大夫欲爲君子者，皆羞道而喜攻之。然此八人者，既困矣，無所用於世，往往能自强，以求列於後世，而其名卒不廢焉。而所謂欲爲君子者，吾多見其初而已，要其終，能毋與世俯仰以自别於小人者少耳，復何議於彼哉？

伯夷

事有出於千世之前，聖賢辯之甚詳而明，然後世不深考之，因以偏見獨識，遂以爲説，既失其本，而學士大夫共守之不爲變者，蓋有之矣，伯夷是已。

夫伯夷，古之論有孔子、孟子焉。以孔、孟之可信，而又辯之反復不一，是愈益可信也。孔子曰：『不念舊惡。』『求仁而得仁。』『餓於首陽之下，逸民也。』孟子曰：『伯夷非其君不事，不立惡人之朝，避紂居北海之濱，目不視惡色，不事不肖，百世之師也。』故孔、孟皆以伯夷遭紂之惡，不念以怨，不忍事之，以求其仁，餓而避，不自降辱，以待天下之清，而號爲聖人耳。然則司馬遷以爲武王伐紂，伯夷叩馬而諫，天下宗周而耻之，義不食周粟，而爲《采薇》之歌。韓子因之，亦爲之頌，以爲微二子，亂臣賊子接迹於後世，是大不然也。

夫商衰，而紂以不仁殘天下，天下孰不病紂？而尤者，伯夷也。嘗與太公聞西伯善養老，則往歸焉。當是之時，欲夷紂者，二人之心，豈有異邪？及武王一奮，太公相之，遂出元元於塗炭之中，伯夷乃不與，何哉？蓋二老所謂天下之大老，行年八十餘，而春秋固已高矣。自海濱而趨文王之都，計亦數千里之遠，文王之興，以至武王之世，歲亦不下十數，豈伯夷欲歸西伯而志不遂，乃死於北海邪？抑來而死於道路邪？抑其至文王之都而不足以及武王之世而死邪？如是而言伯夷，其亦理有不存者也。且武王倡大義於天下，太公相而成之，而獨以爲非，豈伯夷乎？天下之道二，仁與不仁也。紂之爲君，不仁也；武王之爲君，仁也。伯夷固不事不仁之紂，以待仁而後出。武王之仁焉，又不事之，則伯夷何處乎？余故曰：聖賢辯之甚明，而後世偏見獨識者之失其本也。嗚呼！使伯夷之不死，以及武王之時，其烈豈獨太公哉！

諫官

以賢治不肖，以貴治賤，古之道也。所謂貴者，何也？公卿、大夫是也。所謂賤者，何也？士、庶人是也。同是人也，或爲公卿，或爲士，何也？爲其不能公卿也，故使之爲士；爲其賢於士也，故使之爲公卿。此所謂以賢治不肖，以貴治賤也。

今之諫官者，天子之所謂士也。其貴，則天子之三公也。惟三公於安危治亂存亡之故，無所不任其責，至於一官之廢，一事之不得，無所不當言。故其位在卿大夫之上，所以貴之也。其道德必稱其位，所謂以賢也。至士則不然，修一官而百官之廢不可以預也，守一事而百事之失可以毋言也。稱其德，副其材，而命之以位也。循其名，傃其分，以事其上而不敢過也。此君臣之分也，上下之道也。今命之以士，而責之以三公，士之位而受三公之責，非古之道也。孔子曰：『必也正名乎！』正名也者，所以正分也。然且爲之，非所謂正名也。身不能正名，而可以正天下之名者，未之有也。

蚳蛙爲士師，孟子曰：『似也，爲其可以言也。』蛙諫於王而不用，致爲臣而去。孟子曰：『有言責者不得其言則去，有官守者不得其職則去。』然則有官守者莫不有言責，有言責者莫不有官守，士師之諫於王是也。其諫也，蓋以其官而已矣，是古之道也。古者官師相規，工執藝事以諫。其或不能諫，謂之不恭，則有常刑。蓋自公卿至於百工，各以其職諫，則君孰與爲不善？自公卿至於百工，皆失其職，以阿上之所好，則諫官者，乃天子之所謂士耳，吾未見其能爲也。

待之以輕而要之以重，非所以使臣之道也。其待己也輕，而取重任焉，非所以事君之道也。不得已，若唐之太宗，庶乎其或可也。雖然，有道而知命者，果以爲可乎？未之能處也。唐太宗之時，所謂諫官者，與丞弼俱進於前，故一言之謬，一事之失，可救之於將然，不使其命已布於天下，然後從而争之也。君不失其所以爲君，臣不失其所以爲臣，其亦庶乎其近古也。

今也上之所欲爲，丞弼所以言於上，皆不得而知也。及其命之已出，然後從而争之。上聽之而改，則是士制命而君聽也；不聽而遂行，則是臣不得其言而君耻過也。臣不得其言，士制命而君聽。二者，上下所以相悖而否亂之勢也。然且爲之，其亦不知其道矣。及其諄諄而不用，然後知道之不行，其亦辨之晚矣。或曰：『《周官》之師氏、保氏，司徒之屬而大夫之秩也。』曰：嘗聞周公爲師，而召公爲保矣，《周官》則未之學也。

龍説

龍之爲物，能合能散，能潛能見，能弱能强，能微能章。惟不可見，所以莫知其鄉；惟不可畜，所以異於牛羊。變而不可測，動而不可馴，則常出乎害人，而未始出乎害人，夫此所以爲仁。爲仁無止，則常至乎喪己，而未始至乎喪己，夫此所以爲智。止則身安，曰惟知幾；動則物利，曰惟知時。然則龍終不可見乎？曰：與爲類者常見之。

材論

天下之患，不患材之不衆，患上之人不欲其衆；不患士之不欲爲，患上之人不使其爲也。夫材之用，國之棟梁也，得之則安以榮，失之則亡以辱。然上之人不欲其衆、不使其爲者，何也？是有三蔽焉。其尤蔽者，以爲吾之位可以去辱絕危，終身無天下之患，材之得失，無補於治亂之數，故偃然肆吾之志，而卒入於敗亂危辱，此一蔽也。又或以謂吾之爵禄貴富足以誘天下之士，榮辱憂戚在我，是吾可以坐驕天下之士，將無不趨我者，則亦卒入於敗亂危辱而已，此亦一蔽也。又或不求所以養育取用之道，而諰諰然以爲天下實無材，則亦卒入於敗亂危辱而已，此亦一蔽也。此三蔽者，其爲患則同，然而用心非不善，而猶可以論其失者，獨以天下爲無材者耳。蓋其心非不欲用天下之材，特未知其故也。

且人之有材能者，其形何以異於人哉？惟其遇事而事治，畫策而利害得，治國而國安利，此其所以異於人也。故上之人苟不能精察之、審用之，則雖抱臯、夔、稷、契之智，且不能自異於衆，況其下者乎？世之蔽者方曰：『人之有異能於其身，猶錐之在囊，其末立見，故未有有其實而不可見者也。』此徒有見於錐之在囊，而固未睹夫馬之在廄也。駑驥雜處，其所以飲水食芻，嘶鳴蹄齧，求其所以異者蓋寡。及其引重車，取夷路，不屢策，不煩御，一頓其轡而千里已至矣。當是之時，使駑馬并驅方駕，則雖傾輪絶勒，敗筋傷骨，不捨晝夜而追之，遼乎其不可以及也，夫然後騏驥騠褭與駑駘别矣。古之人君，知其如此，故不以爲天下無材，盡其道以求而試之耳。試之之道，在當其所能而已。

夫南越之修簳，鏃以百煉之精金，羽以秋鶚之勁翮，加强弩之上而彍之千步之外，雖有犀兕之捍，無不立穿而死者，此天下之利器，而決勝覿武之所寶也，然用以敲扑，則無以異於朽槁之梃。是知雖得天下之瑰材桀智，而用之不得其方，亦若此矣。古之人君，知其如此，於是銖量其能而審處之，使大者小者、長者短者、强者弱者無不適其任者焉。如是則士之愚蒙鄙陋者，皆能奮其所知以效小事，況其賢能智力卓犖者乎？嗚呼！後之在位者，蓋未嘗求其説而試之以實也，而坐曰天下果無材，亦未之思而已矣。

或曰：『古之人於材有以教育成就之，而子獨言其求而用之者，何也？』曰：『天下法度未立之後，必先索天下之材而用之。如能用天下之材，則所以能復先王之法度。能復先王之法度，則天下之小事無不如先王時矣，況教育成就人材之大者乎？此吾所以獨言求而用之之道也。』

噫！今天下蓋嘗患無材可用者。吾聞之，六國合從，而辯說之材出；劉、項并世，而籌畫戰鬥之徒起；唐太宗欲治，而謨謀諫諍之佐來。此數輩者，方此數君未出之時，蓋未嘗有也，人君苟欲之，斯至矣。今亦患上之不求之不用之耳。天下之廣，人物之衆，而曰果無材者，吾不信也。

本朝百年無事札子

臣前蒙陛下問及本朝所以享國百年、天下無事之故。臣以淺陋，誤承聖問，迫於日晷，不敢久留，語不及悉，遂辭而退。竊惟念聖問及此，天下之福，而臣遂無一言之獻，非近臣所以事君之義，故敢昧冒而粗有所陳。

伏惟太祖躬上智獨見之明，而周知人物之情僞。指揮付托，必盡其材；變置施設，必當其務。故能駕馭將帥，訓齊士卒，外以捍夷狄，内以平中國。於是除苛賦，止虐刑，廢强横之藩鎮，誅貪殘之官吏，躬以簡儉爲天下先。其於出政發令之間，一以安利元元爲事。太宗承之以聰武，真宗守之以謙仁，以至仁宗、英宗，無有逸德。此所以享國百年而天下無事也。

仁宗在位，歷年最久。臣於時實備從官，施爲本末，臣所親見。嘗試爲陛下陳其一二，而陛下詳擇其可，亦足以申鑒於方今。

伏惟仁宗之爲君也，仰畏天，俯畏人，寬仁恭儉，出於自然。而忠恕誠慤，終始如一，未嘗妄興一役，未嘗妄殺一人。斷獄務在生之，而特惡吏之殘擾；寧屈己棄財於夷狄，而終不忍加兵。刑平而公，賞重而信。納用諫官御史，公聽并觀，而不蔽於偏至之讒；因任衆人耳目，拔舉疏遠，而隨之以相坐之法。蓋監司之吏以至州縣，無敢暴虐殘酷，擅有調發，以傷百姓。自夏人順服，蠻夷遂無大變。邊人父子夫婦，得免於兵死，而中國之人安逸蕃息，以至今日者，未嘗妄興一役，未嘗妄殺一人，斷獄務在生之，而特惡吏之殘擾，寧屈己棄財於夷狄，而不忍加兵之效也。大臣貴戚、左右近習，莫敢强横犯法，其自重慎，或甚於閭巷之人。此刑平而公之效也。募天下驍雄横猾以爲兵，幾至百萬，非有良將以禦之，而謀變者輒敗。聚天下財物，雖有文籍，委之府史，非有能吏以鈎考，而斷盜者輒發。凶年饑歲，流者填道，死者相枕，而寇攘者輒得。此賞重而信之效也。大臣貴戚、左右近習，莫能大擅威福，廣私貨賂，一有奸慝，隨輒上聞。貪邪横猾，雖間或見用，未嘗得久。此納用諫官、御史，公聽并觀，而不蔽於偏至之讒之效也。自縣令京官以至監司臺閣，升擢之任，雖不皆得人，然一時之所謂才士，亦罕蔽塞而不見收舉者。此因任衆人之耳目、拔舉疏遠，而隨之以相坐之法之效也。升遐之日，天下號慟，如喪考妣，此寬仁恭儉，出於自然，忠恕誠慤，終始如一之效也。

然本朝纍世因循末俗之弊，而無親友群臣之議。人君朝夕與處，不過宦官女子，出而視事，又不過有司之細故，未嘗如古大有爲之君，與學士大夫討論先王之法，以措之天下也。一切因任自然之理勢，而精神之運有所不加，名實之間有所不察。君子非不見貴，然小人亦得厠其間。正論非不見容，然邪説亦有時而用。以詩賦記誦求天下之士，而無學校養成之法；以科名資歷叙朝廷之位，而無官司課試之方。監司無檢察之人，守將非選擇之吏。轉徙之亟既難於考績，而游談之衆因得以亂真。交私養望者多得顯官，獨立營職者或見排沮。故上下偷惰，取容而已。雖有能者在職，亦無以異於庸人。農民壞於繇役，而未嘗特見救恤，又不爲之設官，以修其水土之利。兵士雜於疲老，而未嘗申敕訓練，又不爲之擇將，而久其疆埸之權。宿衛則聚卒伍無賴之人，而未有以變五代姑息羈縻之俗；宗室則無教訓選舉之實，而未有以合先王親疏隆殺之宜。其於理財，大抵無法，故雖儉約而民不富，雖憂勤而國不强。賴非夷狄昌熾之時，又無堯、湯水旱之變，故天下無事，過於百年。雖曰人事，亦天助也。蓋纍聖相繼，仰畏天，俯畏人，寬仁恭儉，忠恕誠慤，此其所以獲天助也。

伏惟陛下躬上聖之質，承無窮之緒，知天助之不可常恃，知人事之不可怠終，則大有爲之時，正在今日。臣不敢輒廢將明之義，而苟逃諱忌之誅。伏惟陛下幸赦而留神，則天下之福也。取進止。

上時政疏

年月日，具位臣某昧死再拜上疏尊號皇帝陛下：臣竊觀自古人主享國日久，無至誠惻怛憂天下之心，雖無暴政虐刑加於百姓，而天下未嘗不亂。自秦已下，享國日久者，有晋之武帝、梁之武帝、唐之明皇。此三帝者，皆聰明智略有功之主也。享國日久，内外無患，因循苟且，無至誠惻怛憂天下之心，趨過目前，而不爲久遠之計，自以禍灾可以無及其身，往往身遇禍灾而悔無所及。雖或僅得身免，而宗廟固已毀辱，而妻子固以困窮，天下之民，固以膏血塗草野，而生者不能自脱於困餓劫束之患矣。夫爲人子孫，使其宗廟毀辱；爲人父母，使其比屋死亡，此豈仁孝之主所宜忍者乎？然而晉、梁、唐之三帝以晏然致此者，自以爲其禍灾可以不至於此，而不自知忽然已至也。

蓋夫天下至大器也，非大明法度不足以維持，非衆建賢才不足以保守。苟無至誠惻怛憂天下之心，則不能詢考賢才，講求法度。賢才不用，法度不修，偷假歲月，則幸或可以無他，曠日持久，則未嘗不終於大亂。

伏惟皇帝陛下有恭儉之德，有聰明睿智之才，有仁民愛物之意。然享國日久矣，此誠當惻怛憂天下，而以晉、梁、唐三帝爲戒之時。以臣所見，方今朝廷之位，未可謂能得賢才；政事所施，未可謂能合法度。官亂於上，民貧於下，風俗日以薄，才力日以困窮，而陛下高居深拱，未嘗有詢考講求之意。此臣所以竊爲陛下計，而不能無慨然者也。

夫因循苟且，逸豫而無爲，可以徼幸一時，而不可以曠日持久。晉、梁、唐三帝者，不知慮此，故灾稔禍變生於一時，則雖欲復詢考講求以自救，而已無所及矣。以古準今，則天下安危治亂，尚可以有爲。有爲之時，莫急於今日，過今日，則臣恐亦有無所及之悔矣。然則以至誠詢考而衆建賢才，以至誠講求而大明法度，陛下今日其可以不汲汲乎？《書》曰：『若藥不瞑眩，厥疾弗瘳。』臣願陛下以終身之狼疾爲憂，而不以一日之瞑眩爲苦。

臣既蒙陛下采擢，使備從官，朝廷治亂安危，臣實預其榮辱，此臣所以不敢避進越之罪，而忘盡規之義。伏惟陛下深思臣言，以自警戒，則天下幸甚。

進戒疏

熙寧二年五月十一日，朝散大夫、右諫議大夫、參知政事、護軍、賜紫金魚袋臣某昧死再拜上疏皇帝陛下：臣竊以爲陛下既終亮陰，考之於經，則群臣進戒之時，而臣待罪近司，職當先事有言者也。竊聞孔子論爲邦，先放鄭聲，而後曰遠佞人。仲虺稱湯之德，先不邇聲色，不殖貨利，而後曰用人惟己。蓋以謂不淫耳目於聲色玩好之物，然後能精於用志；能精於用志，然後能明於見理；能明於見理，然後能知人；能知人，然後佞人可得而遠。忠臣良士與有道之君子，類進於時，有以自竭，則法度之行、風俗之成，甚易也。若夫人主雖有過人之材，而不能早自戒於耳目之欲，至於過差，以亂其心之所思，則用志不精，用志不精，則見理不明，見理不明，則邪説詖行必窺間乘殆而作，則其至於危亂也豈難哉。

伏惟陛下即位以來，未有聲色玩好之過聞於外，然孔子聖人之盛，尚自以爲七十而後敢縱心所欲也。今陛下以鼎盛之春秋，而享天下之大奉，所以惑移耳目者爲不少矣。則臣之所豫慮，而陛下之所深戒，宜在於此。天之生聖人之材甚吝，而人之值聖人之時甚難。天既以聖人之材付陛下，則人亦將望聖人之澤於此時。伏惟陛下自愛以成德，而自强以赴功，使後世不失聖人之名，而天下皆蒙陛下之澤，則豈非可願之事哉？臣愚不勝惓惓，唯陛下恕其狂妄而幸賜省察。

答司馬諫議書

某啟：昨日蒙教，竊以爲與君實游處相好之日久，而議事每不合，所操之術多異故也。雖欲强聒，終必不蒙見察，故略上報，不復一一自辯。重念蒙君實視遇厚，於反覆不宜鹵莽，故今具道所以，冀君實或見恕也。

蓋儒者所重，尤在於名實。名實已明，而天下之理得矣。今君實所以見教者，以爲侵官、生事、徵利、拒諫，以致天下怨謗也。某則以謂受命於人主，議法度而修之於朝廷，以授之於有司，不爲侵官；舉先王之政，以興利除弊，不爲生事；爲天下理財，不爲徵利；闢邪説，難壬人，不爲拒諫。至於怨誹之多，則固前知其如此也。

人習於苟且非一日，士大夫多以不恤國事、同俗自媚於衆爲善。上乃欲變此，而某不量敵之衆寡，欲出力助上以抗之，則衆何爲而不洶洶然？盤庚之遷，胥怨者民也，非特朝廷士大夫而已。盤庚不罪怨者，亦不改其度。蓋度義而後動，是以不見可悔故也。如君實責我以在位久，未能助上大有爲，以膏澤斯民，則某知罪矣。如曰今日當一切不事事，守前所爲而已，則非某之所敢知。無由會晤，不任區區嚮往之至。

回蘇子瞻簡

某啟：承誨喻纍幅，知尚盤桓江北，俯仰逾月，豈勝感悵。得秦君詩，手不能捨，葉致遠適見，亦以爲清新嫵麗，與鮑、謝似之。不知公意如何？餘卷正冒眩，尚妨細讀，嘗鼎一臠，旨可知也。公奇秦君，數口之不置，吾又獲詩，手之不捨。然聞秦君嘗學至言妙道，無乃笑我與公嗜好過乎？未相見，跋涉自愛，書不宣悉。

上歐陽永叔書

一

今日造門，幸得接餘論，以坐有客，不得畢所欲言。某所以不願試職者，嚮時則有婚嫁葬送之故，勢不能久處京師。所圖甫畢，而二兄一嫂相繼喪亡。於今窘迫之勢，比之嚮時為甚。若萬一幸被館閣之選，則於法當留一年，藉令朝廷憐閔，不及一年，即與之外任，則人之多言，亦甚可畏。若朝廷必復召試，某亦必以私急固辭。竊度寬政，必蒙矜允。然召旨既下，比及辭而得請，則所求外補，又當遷延矣。親老口衆，寄食於官舟而不得躬養，於今已數月矣。早得所欲，以紓家之急，此亦仁人宜有以相之也。翰林雖嘗被旨與某試，然某之到京師，非諸公所當知。以今之體，須某自言，或有司以報，乃當施行前命耳。萬一理當施行，遽爲罷之，於公義亦似未有害，某私計爲得，竊計明公當不惜此。區區之意，不可以盡，唯仁明憐察而聽從之。

二

某以不肖，願趨走於先生長者之門久矣。初以疵賤不能自通，閣下親屈勢位之尊，忘名德之可以加人，而樂與之爲善。顧某不肖，私門多故，又奔走職事，不得繼請左右。及此蒙恩出守一州，愈當遠去門墻，不聞議論之餘，私心眷眷，何可以處！道途邅迴，數月始至敝邑，以事之紛擾，未得具啟，以叙區區嚮往之意。過蒙獎引，追賜詩書，言高旨遠，足以爲學者師法。惟褒被過分，非先進大人所宜施於後進之不肖，豈所謂誘之欲其至於是乎？雖然，懼終不能以上副也。輒勉强所乏，以酬盛德之貺，非敢言詩也。惟赦其僭越，幸甚。

三

某以五月去左右，六月至楚州，即七舍弟病，留四十日。至揚州，又與四舍弟俱，失郡牧所，生一子。七月四日，視郡事。承守將數易之後，加之水旱，吏事亦尚紛冗，故修啟不蚤，伏惟幸察。閣下以道德爲天下所望，方今之勢，雖未得遠引，以從雅懷之所尚，惟攄所蘊，以救時敝，則出處之間，無適不宜。此自明哲所及者。承餘論及之，因試薦其區區。某到郡侍親，幸且順適，但以不才而臨今日之民，宜得罪於君子，固有日矣。

四

某以疵賤之身，聞門願見，非一日積。幸以職事，二年京師，以求議論之補，蒙恩不棄，知遇特深。違離未久，感戀殊甚。然以私門多故，未嘗得進一書，以謝左右。伏蒙恩憐，再賜手書，推獎存撫，甚非後進所當得於先生大人之門。以愧以恐，何可以言也？秋冷，伏惟動止萬福，惟爲時自重，以副四方瞻望之意。

答曾子固書

某啟：久以疾病不爲問，豈勝鄉往！前書疑子固於讀經有所不暇，故語及之。連得書，疑某所謂經者，佛經也，而教之以佛經之亂俗。某但言讀經，則何以別於中國聖人之經？子固讀吾書每如此，亦某所以疑子固於讀經有所不暇也。然世之不見全經久矣，讀經而已，則不足以知經。故某自百家諸子之書，至於《難經》《素問》《本草》諸小説，無所不讀。農夫女工，無所不問。然後於經爲能知其大體而無疑。蓋後世學者，與先王之時異矣，不如是，不足以盡聖人故也。揚雄雖爲不好非聖人之書，然於墨、晏、鄒、莊、申、韓，亦何所不讀。彼致其知而後讀，以有所去取，故異學不能亂也。惟其不能亂，故能有所去取者，所以明吾道而已。子固視吾所知，爲尚可以異學亂之者乎？非知我也。方今亂俗不在於佛，乃在於學士大夫沉没利欲，以言相尚，不知自治而已。子固以爲如何？苦寒，比日侍奉萬福，自愛。

上人書

嘗謂文者，禮教治政云爾，其書諸策而傳之人，大體歸然而已。而曰『言之不文，行之不遠』云者，徒謂『辭之不可以已也』，非聖人作文之本意也。自孔子之死久，韓子作，望聖人於百千年中，卓然也。獨子厚名與韓并。子厚非韓比也，然其文卒配韓以傳，亦豪杰可畏者也。韓子嘗語人文矣，曰云云，子厚亦曰云云。疑二子者，徒語人以其辭耳，作文之本意，不如是其已也。孟子曰：『君子欲其自得之也。自得之，則居之安；居之安，則資之深；資之深，則取諸左右逢其原。』獨謂孟子之云爾，非直施於文而已，然亦可托以爲作文之本意。且所謂文者，務爲有補於世而已矣；所謂辭者，猶器之有刻鏤繪畫也。誠使巧且華，不必適用；誠使適用，亦不必巧且華。

要之以適用爲本，以刻鏤繪畫爲之容而已。不適用，非所以爲器也。不爲之容，其亦若是乎？否也。然容亦未可已也，勿先之，其可也。

某學文久，數挾此説以自治。始欲書之策而傳之人，其試於事者，則有待矣。其爲是非邪，未能自定也。執事正人也，不阿其所好者，書雜文十篇獻左右，願賜之教，使之是非有定焉。

上杜學士言開河書

十月十日，謹再拜奉書運使學士閣下：某愚，不更事物之變，備官節下，以身得察於左右，事可施設，不敢因循苟簡，以孤大君子推引之意，亦其職宜也。

鄞之地邑，跨負江海，水有所去，故人無水憂。而深山長谷之水，四面而出，溝渠澮川，十百相通。長老言錢氏時置營田吏卒，歲浚治之，人無旱憂，恃以豐足。營田之廢，六七十年，吏者因循，而民力不能自并，嚮之渠川，稍稍淺塞，山谷之水，轉以入海而無所豬。幸而雨澤時至，田猶不足於水，方夏歷旬不雨，則衆川之涸，可立而須。故今之邑民最獨畏旱，而旱輒連年。是皆人力不至，而非歲之咎也。

某爲縣於此，幸歲大穰，以爲宜乘人之有餘，及其暇時，大浚治川渠，使有所豬，可以無不足水之患。而無老壯稚少，亦皆懲旱之數，而幸今之有餘力，聞之翕然，皆勸趨之，無敢愛力。夫小人可與樂成，難與慮始，誠有大利，猶將强之，况其所願欲哉！竊以爲此亦執事之所欲聞也。

伏惟執事聰明辨智，天下之事，小之爲無間，大之爲無崖岸，悉已講而明之矣，而又導利去害，汲汲若不足。夫此最長民之吏當致意者，故輒具以聞州，州既具以聞執事矣。顧其厝事之詳，尚不得徹，輒復條件以聞。唯執事少留聰明，有所未安，教而勿誅，幸甚。

與馬運判書

運判閣下：比奉書，即蒙寵答，以感以怍。且承訪以所聞，何閣下逮下之周也！嘗以謂方今之所以窮空，不獨費出之無節，又失所以生財之道故也。富其家者資之國，富其國者資之天下，欲富天下，則資之天地。蓋爲家者，不爲其子生財，有父之嚴而子富焉，則何求而不得？今闔門而與其子市，而門之外莫入焉，雖盡得子之財，猶不富也。蓋近世之言利雖善矣，皆有國者資天下之術耳，直相市於門之内而已。此其所以困與？在閣下之明，宜已盡知，當患不得爲耳。不得爲，則尚何賴於不肖者之言耶？

今歲東南饑饉如此，汴水又絶，其經畫固勞心。私竊度之，京師兵食宜窘，薪芻百穀之價亦必踴，以謂宜料畿兵之駑怯者就食諸郡，可以舒漕挽之急。古人論天下之兵，以爲猶人之血脉，不及則枯，聚則疽，分使就食，亦血脉流通之勢也。儻可上聞行之否？

答吕吉甫書

某與公同心，以至異意，皆緣國論，豈有它哉？同朝紛紛，公獨助我，則我何憾於公！人或言公，我無與焉，則公何尤於我？趣時便事，則吾不知其說焉；考實論情，則公宜昭其如此。開喻重悉，覽之悵然。昔之在我者，誠無細故可疑；則今之在公者，尚何舊惡足念？然公以壯烈，方進爲於聖世；而某茶然衰疢，特待盡於山林。趣捨異事，則相呴以濕，不如相忘之愈也。想趣召在朝夕，惟良食，爲時自愛。

承纍幅勤勤，爲禮過當，非所敢望於故人也。不敢視此以爲報禮，想蒙恕察。承已祥除，伏惟尚有餘慕。知有所諭著，恨未見之。惟賴恩覆，以得優游，然以疾憊棄日，茫然未有所獲也。諸令弟各想禔福。

泰州海陵縣主簿許君墓誌銘

君諱平，字秉之，姓許氏。余嘗譜其世家，所謂今泰州海陵縣主簿者也。君既與兄元相友愛稱天下，而自少卓犖不羈，善辨説，與其兄俱以智略爲當世大人所器。寶元時，朝廷開方略之選，以招天下異能之士，而陝西大帥范文正公、鄭文肅公争以君所爲書以薦。於是得召試，爲太廟齋郎，已而選泰州海陵縣主簿。貴人多薦君有大才，可試以事，不宜棄之州縣。君亦常慨然自許，欲有所爲，然終不得一用其智能以卒。噫，其可哀也已。

士固有離世異俗，獨行其意，罵譏笑侮，困辱而不悔。彼皆無衆人之求，而有所待於後世者也，其齟齬固宜。若夫智謀功名之士，窺時俯仰，以赴勢利之會而輒不遇者，乃亦不可勝數。辯足以移萬物，而窮於用説之時；謀足以奪三軍，而辱於右武之國。此又何説哉？嗟乎，彼有所待而不悔者，其知之矣。

君年五十九，以嘉祐某年某月某甲子葬真州之揚子縣甘露鄉某所之原。夫人李氏。子男瓌，不仕；璋，真州司户參軍；琦，太廟齋郎；琳，進士。女子五人，已嫁二人，進士周奉先、泰州泰興縣令陶舜元。銘曰：

有拔而起之，莫擠而止之。嗚呼許君！而已於斯，誰或使之？

王逢原墓誌銘

嗚呼！道之不明邪，豈特教之不至也，士亦有罪焉。嗚呼！道之不行邪，豈特化之不至也，士亦有罪焉。蓋無常産而有常心者，古之所謂士也。士誠有常心以操聖人之説而力行之，則道雖不明乎天下，必明於己；道雖不行於天下，必行於妻子。內有以明於己，外有以行於妻子，則其言行必不孤立於天下矣。此孔子、孟子、伯夷、柳下惠、揚雄之徒所以有功於世也。

嗚呼！以予之昏弱不肖，固亦士之有罪者，而得友焉。余友字逢原，諱令，姓王氏，廣陵人也。始予愛其文章而得其所以言，中予愛其節行而得其所以行，卒予得其所以言，浩浩乎其將沿而不窮也，得其所以行，超超乎其將追而不至也。於是慨然嘆，以爲可以任世之重而有功於天下者，將在於此，余將友之而不得也。嗚呼！今棄予而死矣，悲夫！

逢原，左武衛大將軍諱奉諲之曾孫，大理評事諱珙之孫，而鄭州管城縣主簿諱世倫之子。五歲而孤，二十八而卒，卒之九十三日，嘉祐四年九月丙申，葬於常州武進縣南鄉薛村之原。夫人吴氏，亦有賢行，於是方娠也，未知其子之男女。銘曰：

壽胡不多？天實爾嗇。曰天不相，胡厚爾德？厚也培之，嗇也推之。

樂以不罷，不怨以疑。嗚呼天民，將在於兹！

祭歐陽文忠公文

夫事有人力之可致，猶不可期，况乎天理之溟漠，又安可得而推？惟公生有聞於當時，死有傳於後世，苟能如此足矣，而亦又何悲？

如公器質之深厚，智識之高遠，而輔學術之精微，故充於文章，見於議論，豪健俊偉，怪巧瑰琦。其積於中者，浩如江河之停蓄；其發於外者，爛如日星之光輝。其清音幽韵，凄如飄風急雨之驟至；其雄辭閎辯，快如輕車駿馬之奔馳。世之學者，無問乎識與不識，而讀其文，則其人可知。

嗚呼！自公仕宦四十年，上下往復，感世路之崎嶇。雖屯邅困躓，竄斥流離，而終不可掩者，以其公議之是非。既壓復起，遂顯於世，果敢之氣，剛正之節，至晚而不衰。

方仁宗皇帝臨朝之末年，顧念後事，謂如公者，可寄以社稷之安危。及夫發謀決策，從容指顧，立定大計，謂千載而一時。功名成就，不居而去。其出處進退，又庶乎英魄靈氣，不隨異物腐散，而長在乎箕山之側，與潁水之湄。然天下之無賢不肖，且猶爲涕泣而戲欷，而况朝士大夫，平昔游從，又予心之所嚮慕而瞻依。

嗚呼！盛衰興廢之理，自古如此，而臨風想望，不能忘情者，念公之不可復見，而其誰與歸？

附
詞選　王安石傳

子雱附

桂枝香

登臨送目，正故國晚秋，天氣初肅。千里澄江似練，翠峰如簇。歸帆去棹殘陽裏，背西風、酒旗斜矗。彩舟雲淡，星河鷺起，畫圖難足。念往昔、繁華競逐，嘆門外樓頭，悲恨相續。千古憑高，對此謾嗟榮辱。六朝舊事隨流水，但寒烟、芳草凝緑。至今商女，時時猶歌，後庭遺曲。

浪淘沙令

伊吕兩衰翁，歷遍窮通，一爲釣叟一耕傭。若使當時身不遇，老了英雄。湯武偶相逢，風虎雲龍，興王祇在笑談中。直至如今千載後，誰與争功。

南鄉子

自古帝王州，鬱鬱葱葱佳氣浮。四百年來成一夢，堪愁。晋代衣冠成古丘。繞水恣行游，上盡層城更上樓。往事悠悠君莫問，回頭。檻外長江空自流。

千秋歲引

別館寒砧，孤城畫角。一派秋聲入寥廓。東歸燕從海上去，南來雁向沙頭落。楚臺風，庾樓月，宛如昨。無奈被些名利縛，無奈被他情擔閣。可惜風流總閑却。當初謾留華表語，而今誤我秦樓約。夢闌時，酒醒後，思量着。

菩薩蠻

數家茅屋閑臨水，單衫短帽垂楊裏。今日是何朝，看予度石橋。

梢梢新月偃，午醉醒來晚。何物最關情，黃鸝一兩聲。

漁家傲

燈火已收正月半，山南山北花撩亂。聞説洊亭新水漫，騎款段，穿雲入塢尋游伴。却拂僧床褰素幔，千岩萬壑春風暖。一弄松聲悲急管，吹夢斷，西看窗日猶嫌短。

漁家傲

平岸小橋千嶂抱，柔藍一水縈花草。茅屋數間窗窈窕，塵不到，時時自有春風掃。午枕覺來聞語鳥，欹眠似聽朝鷄早。忽憶故人今總老，貪夢好，茫然忘却邯鄲道。

菩薩蠻

海棠亂發皆臨水。君知此處花何似？涼月白紛紛，香風隔岸聞。

囀枝黄鳥近，隔岸聲相應。隨意坐莓苔，飄零酒一杯。

生查子

雨打江南樹，一夜花開無數。綠葉漸成陰，下有游人歸路。　與君相逢處，不道春將暮。把酒祝東風，且莫恁、匆匆去。

謁金門

春又老，南陌酒香梅小。遍地落花渾不掃，夢回情意悄。紅箋寄與添煩惱。細寫相思多少。醉後幾行書字小。淚痕都搵了。

浣溪沙

百畝中庭半是苔，門前白道水縈迴。愛閑能有幾人來？小院迴廊春寂寂，山桃溪杏兩三栽。爲誰零落爲誰開？

清平樂

雲垂平野，掩映竹籬茅舍。闃寂幽居實瀟灑，是處綠嬌紅冶。丈夫運用堂堂，且莫五角六張。若有一卮芳酒，逍遥自在無妨。

《宋史》本傳 子雱附

王安石字介甫，撫州臨川人。父益，都官員外郎。安石少好讀書，一過目終身不忘。其屬文動筆如飛，初若不經意，既成，見者皆服其精妙。友生曾鞏携以示歐陽修，修爲之延譽。擢進士上第，簽書淮南判官。舊制，秩滿許獻文求試館職，安石獨否。再調知鄞縣，起堤堰，决陂塘，爲水陸之利；貸穀與民，出息以償，俾新陳相易，邑人便之。通判舒州。文彦博爲相，薦安石恬退，乞不次進用，以激奔競之風。尋召試館職，不就。修薦爲諫官，以祖母年高辭。修以其須禄養言於朝，用爲群牧判官，請知常州。移提點江東刑獄，入爲度支判官，時嘉祐三年也。

安石議論高奇，能以辨博濟其說，果於自用，慨然有矯世變俗之志。

於是上萬言書，以爲：『今天下之財力日以困窮，風俗日以衰壞，患在不知法度，不法先王之政故也。法先王之政者，法其意而已。法其意，則吾所改易更革，不至乎傾駭天下之耳目，囂天下之口，而固已合先王之政矣。因天下之力以生天下之財，收天下之財以供天下之費，自古治世，未嘗以財不足爲公患也，患在治財無其道爾。在位之人才既不足，而閭巷草野之間亦少可用之才，社稷之托，封疆之守，陛下其能久以天幸爲常，而無一旦之憂乎？願監苟且因循之弊，明詔大臣，爲之以漸，期合於當世之變。臣之所稱，流俗之所不講，而議者以爲迂闊而熟爛者也。』後安石當國，其所注措，大抵皆祖此書。

俄直集賢院。先是，館閣之命屢下，安石屢辭，士大夫謂其無意於世，恨不識其面，朝廷每欲畀以美官，惟患其不就也。明年，同修起居注，辭之纍日，閤門吏賫敕就付之，拒不受，吏隨而拜之，則避於廁，吏置敕於案而去，又追還之，上章至八九，乃受。遂知制誥，糾察在京刑獄，自是不復辭官矣。

有少年得鬥鶉，其儕求之不與，恃與之昵輒持去，少年追殺之。開封當此人死，安石駁曰：『按律，公取、竊取皆爲盜。此不與而彼攜以去，是盜也；追而殺之，是捕盜也，雖死當勿論。』遂劾府司失入。府官不伏，事下審刑、大理，皆以府斷爲是。詔放安石罪，當詣閤門謝。安石言：『我無罪。』不肯謝。御史舉奏之，置不問。

時有詔舍人院無得申請除改文字，安石爭之曰：『審如是，則舍人不得復行其職，而一聽大臣所爲，自非大臣欲傾側而爲私，則立法不當如此。今大臣之弱者不敢爲陛下守法，而强者則挾上旨以造令，諫官、御史無敢逆其意者，臣實懼焉。』語皆侵執政，由是益與之忤。以母憂去，終英宗世，召不起。

安石本楚士，未知名於中朝，以韓、呂二族爲巨室，欲藉以取重。乃深與韓絳、絳弟維及呂公著交，三人更稱揚之，名始盛。神宗在潁邸，維爲記室，每講説見稱，輒曰：『此非維之説，維之友王安石之説也。』及爲太子庶子，又薦自代。帝由是想見其人，甫即位，命知江寧府。數月，召爲翰林學士兼侍講。熙寧元年四月，始造朝，入對，帝問爲治所先，對曰：『擇術爲先。』帝曰：『唐太宗何如？』曰：『陛下當法堯、舜，何以太宗爲哉？堯、舜之道，至簡而不煩，至要而不迂，至易而不難。但末世學者不能通知，以爲高不可及爾。』帝曰：『卿可謂責難於君，朕自視眇躬，恐無以副卿此意。可悉意輔朕，庶同濟此道。』

一日講席，群臣退，帝留安石坐，曰：『有欲與卿從容議論者。』因言：『唐太宗必得魏徵，劉備必得諸葛亮，然後可以有爲，二子誠不世出之人也。』安石曰：『陛下誠能爲堯、舜，則必有皋、夔、稷、禼；誠能爲高宗，則必有傅説。彼二子皆有道者所羞，何足道哉？以天下之大，人民之衆，百年承平，學者不爲不多。然常患無人可以助治者，以陛下擇術未明，推誠未至，雖有皋、夔、稷、禼、傅説之賢，亦將爲小人所蔽，捲懷而去爾。』帝曰：『何世無小人，雖堯、舜之時，不能無四凶。』安石曰：『惟能辨四凶而誅之，此其所以爲堯、舜也。若使四凶得肆其讒慝，則皋、夔、稷、禼亦安肯苟食其禄以終身乎？』

登州婦人惡其夫寢陋，夜以刃斫之，傷而不死。獄上，朝議皆當之死，安石獨援律辨證之，爲合從謀殺傷，減二等論。帝從安石説，且著爲令。

二年二月，拜參知政事。上謂曰：『人皆不能知卿，以爲卿但知經術，不曉世務。』安石對曰：『經術正所以經世務，但後世所謂儒者，大抵皆庸人，故世俗皆以爲經術不可施於世務爾。』上問：『然而卿所施設以何先？』安石曰：『變風俗，立法度，最方今之所急也。』上以爲然。於是設制置三司條例司，命與知樞密院事陳升之同領之。安石令其黨呂惠卿任其事。而農田水利、青苗、均輸、保甲、免役、市易、保馬、方田諸役相繼并興，號爲新法，遣提舉官四十餘輩，頒行天下。

青苗法者，以常平糴本作青苗錢，散與人户，令出息二分，春散秋斂。均輸法者，以發運之職改爲均輸，假以錢貨，凡上供之物，皆得徙貴就賤，用近易遠，預知在京倉庫所當辦者，得以便宜蓄買。保甲之法，籍鄉村之民，二丁取一，十家爲保，保丁皆授以弓弩，教之戰陣。免役之法，據家貲高下，各令出錢雇人充役，下至單丁、女户，本來無役者，亦一概輸錢，謂之助役錢。市易之法，聽人賖貸縣官財貨，以田宅或金帛爲抵當，出息十分之二，過期不輸，息外每月更加罰錢百分之二。保馬之法，凡五路義保願養馬者，户一匹，以監牧見馬給之，或官與其直，使自市，歲一閱其肥瘠，死病者補償。方田之法，以東西南北各千步，當四十一頃六十六畝一百六十步爲一方，歲以九月，令、佐分地計量，驗地土肥瘠，定其色號，分爲五等，以地之等，均定稅數。又有免行錢者，約京師百物諸行利入厚薄，皆令納錢，與免行户祗應。自是四方爭言農田水利，古陂廢堰，悉務興復。又令民封狀增價以買坊場，又增茶鹽之額，又設措置河北糴便司，廣積糧穀於臨流州縣，以備饋運。由是賦斂愈重，而天下騷然矣。

御史中丞吕誨論安石過失十事，帝爲出誨，安石薦吕公著代之。韓琦諫疏至，帝感悟，欲從之，安石求去。司馬光答詔，有『士夫沸騰，黎民騷動』之語，安石怒，抗章自辨。帝爲巽辭謝，令呂惠卿諭旨，韓絳又勸帝留之。安石入謝，因爲上言中外大臣、從官、臺諫、朝士朋比之情，且曰：『陛下欲以先王之正道勝天下流俗，故與天下流俗相爲重輕。流俗權重，則天下之人歸流俗；陛下權重，則天下之人歸陛下。權者與物相爲重輕，雖千鈞之物，所加損不過銖兩而移。今奸人欲敗先王之正道，以沮陛下之所爲。於是陛下與流俗之權適爭輕重之時，加銖兩之力，則用力至微，而天下之權已歸於流俗矣，此所以紛紛也。』上以爲然。安石乃視事，琦説不得行。

安石與光素厚，光援朋友責善之義，三詒書反覆勸之，安石不樂。帝用光副樞密，光辭未拜而安石出，命遂寢。公著雖爲所引，亦以請罷新法出潁州。御史劉述、劉琦、錢顗、孫昌齡、王子韶、程顥、張戩、陳襄、陳薦、謝景温、楊繪、劉摯，諫官范純仁、李常、孫覺、胡宗愈，皆不得其言，相繼去。驟用秀州推官李定爲御史，知制誥宋敏求、李大臨、蘇頌封還詞頭，御史林旦、薛昌朝、范育論定不孝，皆罷逐。翰林學士范鎮三疏言青苗，奪職致仕。惠卿遭喪去，安石未知所托，得曾布，信任之，亞於惠卿。

三年十二月，拜同中書門下平章事。明年春，京東、河北有烈風之異，民大恐。帝批付中書，令省事安静以應天變，放遣兩路募夫，責監司、郡守不以上聞者。安石執不下。

開封民避保甲，有截指斷腕者，知府韓維言之，帝問安石，安石曰：『此固未可知，就令有之，亦不足怪。今士大夫睹新政，尚或紛然驚異，况於二十萬户百姓，固有蠢愚爲人所惑動者，豈應爲此遂不敢一有所爲邪？』帝曰：『民言合而聽之則勝，亦不可不畏也。』

東明民或遮宰相爲訴助役錢，安石白帝曰：『知縣賈蕃，乃范仲淹之婿，好附流俗，致民如是。』又曰：『治民當知其情僞利病，不可示姑息。若縱之使妄經省臺，鳴鼓邀駕，恃衆僥倖，則非所以爲政。』其强辯背理率類此。

帝用韓維爲中丞，安石憾曩言，指爲善附流俗以非上所建立，因維辭而止。歐陽修乞致仕，馮京請留之，安石曰：『修附麗韓琦，以琦爲社稷臣。如此人，在一郡則壞一郡，在朝廷則壞朝廷，留之安用？』乃聽之。富弼以格青苗解使相，安石謂不足以阻奸，至比之共、鯀。靈臺郎尤瑛言天久陰，星失度，宜退安石，即黥隸英州。唐坰本以安石引薦爲諫官，因請對極論其罪，謫死。文彦博言市易與下爭利，致華嶽山崩。安石曰：『華山之變，殆天意爲小人發。市易之起，自爲細民久困，以抑兼并爾，於官何利焉。』劄其奏，出彥博守魏。於是呂公著、韓維，安石藉以立聲譽者也；歐陽修、文彥博，薦己者也；富弼、韓琦，用爲侍從者也；司馬光、范鎮，交友之善者也：悉排斥不遺力。

禮官議正太廟太祖東嚮之位，安石獨定議還僖祖於祧廟，議者合争之，弗得。上元夕，從駕乘馬入宣德門，衛士訶止之，策其馬。安石怒，上章請逮治。御史蔡確言：『宿衛之士，拱扈至尊而已，宰相下馬非其處，所應訶止。』帝卒爲杖衛士，斥内侍，安石猶不平。王韶開熙河奏功，帝以安石主議，解所服玉帶賜之。

七年春，天下久旱，飢民流離，帝憂形於色，對朝嗟嘆，欲盡罷法度之不善者。安石曰：『水旱常數，堯、湯所不免，此不足招聖慮，但當修人事以應之。』帝曰：『此豈細事，朕所以恐懼者，正爲人事之未修爾。今取免行錢太重，人情咨怨，至出不遜語。自近臣以至后族，無不言其害。兩宮泣下，憂京師亂起，以爲天旱更失人心。』安石曰：『近臣不知爲誰，若兩宮有言，乃向經、曹佾所爲爾。』馮京曰：『臣亦聞之。』安石曰：『士大夫不逞者以京爲歸，故京獨聞此言，臣未之聞也。』監安上門鄭俠上疏，繪所見流民扶老携幼困苦之狀，爲圖以獻，曰：『旱由安石所致，去安石，天必雨。』俠又坐竄嶺南。慈聖、宣仁二太后流涕謂帝曰：『安石亂天下。』帝亦疑之，遂罷爲觀文殿大學士、知江寧府，自禮部侍郎超九轉爲吏部尚書。

呂惠卿服闋，安石朝夕汲引之，至是，白爲參知政事，又乞召韓絳代己。二人守其成模，不少失，時號絳爲『傳法沙門』，惠卿爲『護法善神』。而惠卿實欲自得政，忌安石復來，因鄭俠獄陷其弟安國，又起李士寧獄以傾安石。絳覺其意，密白帝請召之。八年二月，復拜相，安石承命，即倍道來。《三經義》成，加尚書左僕射兼門下侍郎，以子雱爲龍圖閣直學士，雱辭，惠卿勸帝允其請，由是嫌隙愈著。惠卿爲蔡承禧所擊，居家俟命，雱風御史中丞鄧綰，復彈惠卿與知華亭縣張若濟爲奸利事，置獄鞫之，惠卿出守陳。

十月，彗出東方，詔求直言，及詢政事之未協於民者。安石率同列疏言：「晉武帝五年，彗出軫；十年，又有孛。而其在位二十八年，與《乙巳占》所期不合。蓋天道遠，先王雖有官占，而所信者人事而已。天文之變無窮，上下傅會，豈無偶合。周公、召公，豈欺成王哉。其言中宗享國日久，則曰「嚴恭寅畏，天命自度，治民不敢荒寧」。其言夏、商多歷年所，亦曰「德」而已。裨竈言火而驗，欲禳之，國僑不聽，則曰「不用吾言，鄭又將火」。僑終不聽，鄭亦不火。有如裨竈，未免妄誕，況今星工哉？所傳占書，又世所禁，謄寫訛誤，尤不可知。陛下盛德至善，非特賢於中宗，周、召所言，則既閲而盡之矣，豈須愚瞽復有所陳。竊聞兩宫以此爲憂，望以臣等所言力行開慰。』帝曰：『聞民間殊苦新法。』安石曰：『祁寒暑雨，民猶怨咨，此無庸恤。』帝曰：『豈若并祁寒暑雨之怨亦無邪？』安石不悦，退而屬疾卧，帝慰勉起之。其黨謀曰：『今不取上素所不喜者暴進用之，則權輕，將有窺人間隙者。』安石是其策。帝喜其出，悉從之。時出師安南，諜得其露布，言：『中國作青苗、助役之法，窮困生民。我今出兵，欲相拯濟。』安石怒，自草敕榜詆之。

華亭獄久不成，雱以屬門下客吕嘉問、練亨甫共議，取鄧綰所列惠卿事，雜他書下制獄，安石不知也。省吏告惠卿於陳，惠卿以狀聞，且訟安石曰：『安石盡棄所學，隆尚縱横之末數，方命矯令，罔上要君。此數惡力行於年歲之間，雖古之失志倒行而逆施者，殆不如此。』又發安石私書曰『無使上知』者。帝以示安石，安石謝無有，歸以問雱，雱言其情，安石咎之。雱憤恚，疽發背死。安石暴綰罪云『爲臣子弟求官及薦臣婿蔡卞』，遂與亨甫皆得罪。綰始以附安石居言職，及安石與呂惠卿相傾，綰極力助攻惠卿。上頗厭安石所爲，綰懼失勢，屢留之於上，其言無所顧忌。亨甫險薄，諂事雱以進，至是皆斥。

安石之再相也，屢謝病求去，及子雱死，尤悲傷不堪，力請解幾務。上益厭之，罷爲鎮南軍節度使、同平章事、判江寧府。明年，改集禧觀使，封舒國公，屢乞還將相印。元豐二年，復拜左僕射、觀文殿大學士。換特進，改封荆。哲宗立，加司空。

元祐元年卒，年六十六，贈太傅。紹聖中，謚曰文，配享神宗廟庭。崇寧三年，又配食文宣王廟，列於顏、孟之次，追封舒王。欽宗時，楊時以爲言，詔停之。高宗用趙鼎、吕聰問言，停宗廟配享，削其王封。

初，安石訓釋《詩》《書》《周禮》，既成，頒之學官，天下號曰『新義』。晚居金陵，又作《字説》。多穿鑿傅會，其流入於佛、老。一時學者，無敢不傳習，主司純用以取士，士莫得自名一説，先儒傳注，一切廢不用。黜《春秋》之書，不使列於學官，至戲目爲『斷爛朝報』。

安石未貴時，名震京師，性不好華腴，自奉至儉，或衣垢不澣，面垢不洗，世多稱其賢。蜀人蘇洵獨曰：『是不近人情者，鮮不爲大奸慝。』作《辯奸論》以刺之，謂王衍、盧杞合爲一人。

安石性强忮，遇事無可否，自信所見，執意不回。至議變法，而在廷交執不可，安石傅經義，出己意，辯論輒數百言，衆不能詘。甚者謂『天變不足畏，祖宗不足法，人言不足恤』。罷黜中外老成人幾盡，多用門下儇慧少年。久之，以旱引去，洎復相，歲餘罷，終神宗世不復召，凡八年，子雱。

雱字元澤，爲人慓悍陰刻，無所顧忌。性敏甚，未冠，已著書數萬言。年十三，得秦卒言洮、河事，嘆曰：『此可撫而有也。使西夏得之，則吾敵强而邊患博矣。』其後王韶開熙河，安石力主其議，蓋兆於此。舉進士，調旌德尉。

雱氣豪，睥睨一世，不能作小官。作策三十餘篇，極論天下事，又作《老子訓傳》及《佛書義解》，亦數萬言。時安石執政，所用多少年，雱亦欲預選，乃與父謀曰：『執政子雖不可預事，而經筵可處。』安石欲上知而自用，以雱所作策及注《道德經》鏤板鬻於市，遂傳達於上。鄧綰、曾布又力薦之，召見，除太子中允、崇政殿説書。神宗數留與語，受詔撰《詩》《書》義，擢天章閣待制兼侍講。書成，遷龍圖閣直學士，以病辭不拜。

安石更張政事，雱實導之。常稱商鞅爲豪杰之士，言不誅異議者法不行。安石與程顥語，雱囚首跣足，携婦人冠以出，問父所言何事。曰：『以新法數爲人所阻，故與程君議。』雱大言曰：『梟韓琦、富弼之頭於市，則法行矣。』安石遽曰：『兒誤矣。』卒時纔三十三，特贈左諫議大夫。

論曰：朱熹嘗論安石『以文章節行高一世，而尤以道德經濟爲己任。被遇神宗，致位宰相，世方仰其有爲，庶幾復見二帝三王之盛。而安石乃汲汲以財利兵革爲先務，引用凶邪，排擯忠直，躁迫强戾，使天下之人囂然喪其樂生之心。卒之群奸嗣虐，流毒四海，至於崇寧、宣和之際，而禍亂極矣』。此天下之公言也。昔神宗欲命相，問韓琦曰：『安石何如？』對曰：『安石爲翰林學士則有餘，處輔弼之地則不可。』神宗不聽，遂相安石。嗚呼！此雖宋氏之不幸，亦安石之不幸也。